星条旗下的茶叶蛋

方柏林／著

译林出版社

图书在版编目(CIP)数据

星条旗下的茶叶蛋 / 方柏林著. —南京：译林出版社，2016.4

ISBN 978-7-5447-5989-2

Ⅰ. ①星… Ⅱ. ①方… Ⅲ. ①随笔-作品集-中国-当代 Ⅳ. ①I267.1

中国版本图书馆CIP数据核字（2015）第279827号

书　　名	**星条旗下的茶叶蛋**
作　　者	方柏林
责任编辑	方　芳
出版发行	凤凰出版传媒股份有限公司 译林出版社
出版社地址	南京市湖南路1号A楼，邮编：210009
电子邮箱	yilin@yilin.com
出版社网址	http://www.yilin.com
经　　销	凤凰出版传媒股份有限公司
印　　刷	江苏凤凰扬州鑫华印刷有限公司
开　　本	880毫米×1230毫米　1/32
印　　张	10
插　　页	4
字　　数	170千
版　　次	2016年4月第1版　2016年4月第1次印刷
书　　号	ISBN 978-7-5447-5989-2
定　　价	39.80元

目录

上

星条旗下的茶叶蛋

觅食记

告诉我你吃什么，我可以知道你是什么样的人。

——法国美食作家让·布里亚-萨瓦兰（Jean Anthelme Brillat-Savarin）

中国胃

出国之后，发现到美国来的人如过江之鲫，美国教育、科技、金融、医疗，都有人大书特书。说吃的不多，食色性也，怎能不提？

中国曾经是一个生存经济的国家。关于饥饿的记忆，还留在不远的历史和残存的成见中。有一回我跟同事史蒂夫去丹佛开会，晚上出去吃饭。出于好奇，我点了从来没吃过的麋鹿肉汉堡包。史蒂夫好奇，也点了一个。上来一看，真是很大，像是在“一切都大一号”的德克萨斯做的。

没想到麋鹿肉并不好吃，我吃了一半就吃不下去了。史蒂夫吃完色拉后，说要把他的汉堡包分我一半让我吃。

我说自己的都对付不完。

他说你要是吃了，我妈会很高兴的。

我说令堂大人母仪天下，管这么宽？他说他小时候，吃不下去饭的时候，他妈总是说，这么好的饭你都不吃？有的国家的小孩都快饿死了。史蒂夫是我们部门最老的一个家伙。他小的时候，我们正忙着赶英超美大炼钢铁，没饭吃恐怕是真。

今非昔比。到了美国，有很多习惯要改，不要怕吃不饱，要怕吃太撑。我们学校食堂，对职工优惠，每顿饭三五块钱，而且是自助餐。也不知是不是过去的恶习所致还是怎的，我一直是“大胃王”。每次在食堂，人们走过我的桌旁，都会留连地张望！我和他们很多人同等食力，但身材比他们好。身材比我好的，只吃青菜、谷类和牛奶，不像我这样兼容并蓄。

当然了，吃美国食堂不过瘾。毕竟我们长的是中国胃，大家还是喜欢下中国馆子。在纽约、洛杉矶这些地方，国内有的它们也都有。但在美国小地方，中餐馆不是中餐外卖就是自助餐。中餐外卖的只是一个店面，里面很少有人进来吃，而是食客打电话点餐，餐馆送餐。这些饭菜味道通常都很差，饭馆通常为偷渡客所开。很多人本来也非厨师，不过是下船后在别人餐馆打工，学得差不多就自己来干了。

自助餐的饭菜货大量足，只不过和外卖店差不多味道。很多饭菜，味道很像，芥蓝牛肉里能吃出虾子的味道来，虾子里面能吃出咕咾肉的味道来。进了自助餐厅，吃着这种看上去不同，实际上味道混杂的菜，再看看周围的白人黑人墨西哥人中国人，突然产生了一种世界大同的幻觉。

我不清楚这串味是怎么回事。后来有一天，我跟一个以前做餐馆的中国人聊天，他说做餐馆真辛苦，晚上歇得迟，早上一大早就起来做酱。我这才有些醒悟，原来是菜里用的酱，导致菜的味道雷同。很多菜不断在往外摆，如果慢慢切葱放酱油放糖，再寻思如何排列组合，速度就受影响了。这可是一个快餐和速食流行的国度。我在《完美混乱》（*A Perfect Mess*）一书里看到一个说明杂乱能诱发创意的例子，说一些优秀的大厨面前通常都杂乱地摆放一些佐料，这些佐料的创意组合，让他们的菜产生出非常独特的味道。很多中餐馆显然是根据低档速食店的模式去经营的，无所谓什么创意，只要快就好，但这也导致它们的价格、档次上不去。

但中餐馆给很多刚来的中国人提供了一条生路。那些偷渡客一开始就只能去这些地方打工。大部分人奉公守法，不给当地社区惹事。留学生或配偶受非移民身份限制，不能去校外合法打工，有时也去这种地方打点黑工。这些年出来的留学生一来就买新车新房。他们当然有的来自正经生意人家，但也不乏某些人的子女，钱不知什么来路。生活里的各样光鲜，他们恨不得贴脑门上，但是不清不楚的背景，却不会有人说。一些人分明是拿着他人的钱上了台阶，却也会设法让你看到他的“奋斗”，人骨子里都希望得到他人的敬重。

餐馆的偷渡客，我有时候倒觉得更值得尊重。他们有时候也更讲义气。我们过去在亨廷顿，有对小夫妻经营一家小餐馆。小夫妻原本就是偷渡客，人非常好，每次中国学生举办活动，他们都慷慨赞助，积极参与。你想办点正事，比如办中文学校，去联系官方机构，他们反倒爱理不理。

我唯一的抱怨，是这些地方的菜味道太差。没有办法，聊胜于无。到了周末，还是偶尔去吃一吃这种中国自助餐。我每到美国一个新地方，就问我们美国同事哪里的中餐馆比较好。他们就说一二三四哪家比较好，我就暗记下来，一个都不去。凡是美国人觉得比较好吃的中国菜，中国人大部分都觉得不好。

说到不正宗，墨西哥菜也一样。有一次我车子坏了，拉修车行修。修车行修好后，派了个墨西哥司机接我过去取车。路上我和这墨西哥的哥们儿说起了墨西哥餐馆，哥们儿勃然大怒，说美国的墨西哥菜只有8%正宗。我实在不知道他这8%的大数据是怎么来的。哥们儿一路上数落墨西哥餐馆的背信弃义，说这帮人为了迎合美国 gringos，背叛了墨西哥餐饮的传统。他在生硬的英文中撒了很多西班牙语，越说越激动，把车子开进了一条死胡同，接着又撞上了一个路牙子。马上就上高速了，为了安全起见，我赶紧说中餐在美国更惨，其正宗性可能连 8% 都不到。你比如说那个什么签语饼吧，中国其实根本都没有。这么说着，他的气才慢慢消下来，上了高速公路。在路上他继续跟我控诉美国墨西哥餐馆。由于这饮食问题，我们产生了第三世界人民特有的亲密战斗友谊。

◆◆◆ ◆◆◆ ◆◆◆ ◆◆◆ ◆◆◆

火锅宴

美国中餐不正宗，这一点美国人也知道，知道他们吃的中餐改变过，比较适合美国人口味。也有美国人问我们正宗中餐是什么样子，于是我们有时候也请美国人过来，于是就有了一些饭局。

我们不妨先说说美国饭局和国内饭局的不同：美国有很多家庭一起参加的聚会，通常是每个家庭自带一个菜，凑成一桌百家饭，号称 potluck: pot 是锅，luck 是运气。遇到一锅吃一锅，纯粹看运气。有时候聚会大了，为了避免重复，招待的人还先发一邮件，说姓氏首字母从 A 到 H 的带色拉，I 到 Z 的带甜品，等等。通常情况下，每个家庭都会带上自己的拿手好菜，运气总是不错。

入乡随俗，中国家庭也这么处理。即便是家宴的时候，也是主人家多做几道菜，其余家庭各带一个菜。久而久之，每家就有了自己的招牌菜，比如张家的盐水鸭，李家的拉面，王家的回锅肉等。我每住一个地方，就对所在地各家拿手好菜了如指掌，在一个地方住上一两年，一份当地美食地图就了然于胸了。

中国人的圈子，能互相赏识各自的烹饪，虽离开各自家乡，倒也能自得其乐。当中国和美国饭局搅到一处时，结果就很不相同了。我们喜欢的，对方未必喜欢。很多美国人说自己很喜爱中餐，实际上是叶公好龙，当你把一盘真的中餐放在他们面前的时候，他们反倒六神无主了。

有一天，我们请一对美国老夫妇去家里吃火锅。我们是用那种一边辣一边不辣的“鸳鸯火锅”。火锅这东西是中国一文化遗产，好像其他地方不多见。我前几天在微信上看到一笑话，说一哥们儿坐火车遇到一印度人，印度人总吹嘘，用刀叉用筷子都不好，不如手管用，手最灵活，什么饭菜都可以抓。中国哥们儿比较好强，就是不服这气，一下火车立刻请印度友人去吃火锅了。

话说请客那天，我们端出火锅，边上摆着青菜、豆腐、牛肉、油豆腐、腐竹之类的东西，摆了一些沙茶酱。然后大家一一落座，我略略介绍了这火锅的吃法。这饭局用户界面过于陌生，从来没有吃过家庭式中餐的老夫妇一定是晕了。我跟他讲，他频频点头，可是我觉得他的眼神迷茫，像雾像雨又像风。也不知是我没有介绍清楚，还是他根本没听进去，总之，我看老先生用手抓了一根上海青，蘸了一下沙茶酱，然后大嚼起来。

给当成色拉了。

我又不好给夺出来，于是只好眼睁睁看着他把上海青咀嚼了下去，这是我平生头一次看人生吃上海青。

他然后皱了皱眉，说，嗯，味道不错。

我说像这种菜，我们一般烫了吃，味道更好些。

那么烫，也要看怎么烫，比如牛肉，一下锅，很快就可以吃。我们示范了一下。

老先生学得很快，拿了些粉丝，也很快烫了一下赶紧拿出来，谁知道这粉丝又不一样，拿出来的时候还是硬的，他说嚼不动。

再接着拿的时候，有时我就看见老婆瞅准了经纬度，一双筷子立即升空拦截。

最后我们告诉两个晕头转向的客人说，统统不许动，我们给你上菜。

我估计两人回去之后，一定都感慨中餐太麻烦，以后还是去自助中餐馆，吃 General Tso’s Chicken（左宗棠鸡）吧。

◆◆◆　◆◆◆　◆◆◆　◆◆◆　◆◆◆

星条旗下的茶叶蛋

朋友们，真的，为了改变美国人民的饮食习惯，我是费了些力气的。尤其是刚到美国的时候，似乎有一种介绍中国一切文化的强迫症，越到最后，这种强迫症就越淡化。美国的大熔炉按照自己的节奏在燃烧，最后我发现，别试图改变任何人，也不要急于让任何人去改变，好去“融入”。天高海阔，人人都可以选择自己的生活。

而早些年，我琢磨怎样把最家常而正宗的中国菜介绍给他们。我的厨艺差得一塌糊涂，无奈身处小城，我不滥竽充数谁滥竽充数？

期末学校要搞全校员工的大聚餐。全校范围搞聚餐规模盛大，要是陌生人不小心闯进来，一定会产生误闯大跃进食堂的穿越感。我不想整得太复杂，于是就做了“一清二白”的青菜炒豆腐。炒的时候我儿子就告诉我，不要做这个。“他们美国人不喜欢吃这个的。”我说你一小孩，懂什么，我继续炒。我还就不信这世界上有不喜欢青菜豆腐的人。不喜欢青菜豆腐的人都有病，都得去治。

然后，我拎着我的一清二白就到了学校。在那长长的流水席上，我的青菜豆腐几乎无人问津。

回来某人就责怪上了，说你带的是什么名堂，你不是吓美国人吗？她的口吻，好像我带了一道青菜豆腐，有辱人格国格。老夫一不是外交部发言人，二不是央视记者，随便带个菜，爱吃不吃，我能代表什么国家和民族？何况人总是挑自己熟悉而喜欢的东西吃，学校的那些同事平生都没见过青菜豆腐，当然不敢冒风险。就好比一桌子放的是东坡肉、四喜丸子、臭豆腐之类的中国菜，你中间放一比萨饼，海外的中国人里面，稍微正常些的人是不会去吃比萨饼的。

我们 IT 部门也安排圣诞聚餐。记得头一年我带的是茶叶蛋，友邦人士，莫名惊诧，大部分碰都不敢碰。后来大部分我原样放车里带回去了，路上突然急刹车，蛋从锅里飞将出来，在我车里滚蛋，让我哭笑不得。

我有点不服气，第二年又带了茶叶蛋，这回很多人已经听说过，开始尝试了，但是没什么人说多么喜欢的。我终于泄气了，第三年就没带茶叶蛋了。

但事情就这么怪，我没带，他们反倒念叨起来了。开饭之时，大家陆陆续续从门外进来，看了看桌子上的饭食，又看看我，问："哎，你的蛋呢？"

也罢，你吃你的苹果蘸巧克力，我吃我的青菜豆腐茶叶蛋吧。

后来又换一单位，在德克萨斯，我在学校里负责教师培训，所以要搞好与教授的关系。年终我们招待老师的传统是“汤品和甜品”（soup and cookies）聚餐。我们有两道汤，一道是土豆洋葱汤，一道是墨西哥豆子汤。甜品员工自己带，据说要比赛。我不知大家在准备上的精心程度，马虎了，带来的饼干没得奖，但是我单方面宣布荣获异国情调组第一名。我们同事说明年拟增加“最佳中国饼干”项目。

甜品品种太多，我只品尝了其中的三分之一，就被甜翻了，一下午都不舒服。美国甜品偶尔吃起来，那味道是很棒的。可是聚到一起，甜得实在让人受不了。当我看到满桌子甜品的时候，我在想，要是这些甜饼换成菜包子，要是奶酪换成豆腐，生菜换成涪陵榨菜，苹果汁换成豆腐花，世界多美好啊。我们这里地处偏僻，买不到这些东西。我们附近只有一家菲律宾店，还是一黑人开的，哥们儿根本不知道亚洲人需要什么，极有主见，自己想怎么采购就怎么采购。不过现在网络销售也发达，有朝一日，说不定我就可以通过亚马逊的那种送货无人机，从达拉斯空运老干妈过来了。我们这里地方很平，嫦娥三号来着陆都没问题，但是很多人家有枪，小孩有那种bb枪，发射塑料子弹，我就怕老干妈豆瓣酱在空中还没有降落，就被打飞，化作豆瓣雨倾盆而下。

◆◆◆　◆◆◆　◆◆◆　◆◆◆　◆◆◆

炖猪蹄和世界末日

我同事比尔的岳父是威斯康星牧民，每年女婿家的肉食，老岳父都给承包了。比尔家有一个大冷柜，里面藏了很多肉食。我没想到还有猪蹄！

我突然想起了炖猪蹄，说快快拿来。过了几日，比尔果然给我带了八只猪脚。这脚肌肤嫩白，白里透红，让人肃然起敬。原来猪中也有颜如玉，猪中也有白富美。俄克拉荷马城的一些中国店卖的猪脚，味道很大，这些猪被屠宰前，就好像穿着球鞋跑了马拉松。

带回猪脚当日，有户中国人家聚餐，按照我们这里的传统，每人自带一个菜。老婆就给做了黄豆炖猪脚，她发挥得不错。猪脚很受欢迎，被一扫而光。老婆于是问我在哪儿买的。

我放下电话，问比尔在哪儿弄的，是不是他岳父牧场附近养的，这样我们好找一货源。比尔说这猪脚来自一年一度州集会上选美的那些猪。参赛结束，这些被调教好的猪就被屠宰了，猪脚送给了比尔。比尔对于食物，敢于尝试，说一直想做，但不知道怎么做。他的夫人不让他做这种古怪的东西。结果被我们白捡了个便宜。

这选美猪的纤纤素手，味道鲜美，让人想家。

到美国十年，吃的猪肉都是工业化农场养殖的那种猪的肉。也不知这些猪是什么饲料喂养的，肉不香，没味道。现在好多人要移民，有时候我看势头不对，还泼点冷水。水土不适倒是小事，吃的方面调整很大。洋装虽然穿在身，我胃却依然是中国胃。人说星巴克是“美国地边摊，在华装高端”。猪肉这东西，倘若不搀水的话，在华路边摊，到美不仅可装高端，生前还可当白富美去参加全州选美，然后风光大葬于一群饕餮之徒腹中。

自从我家的猪蹄出名之后，参加圣诞晚宴，我们就被指定带炖猪蹄。这一次，由于聚会人多，我们把选美比赛第二名的猪脚也给炖了，还不够，又加了一些。惭愧，我们吃掉俄克拉荷马三头选美猪的前三甲。

我们炖猪蹄很讲究，先是用热水烧开，去除浮沫，然后拔掉猪毛，总之工序很多。谁知盘中餐，粒粒皆辛苦。

这些猪蹄准备期间，放在厨房里浸泡，看上去有些恐怖。要知道人像母猴子，母猴像猪獾，猪獾像猪，横竖都是哺乳动物。大卸八块之后，依稀难辨，你要是突然端给我看，我自己都吓一跳。可能是我这几天恐怖电影看多了，产生了幻觉。

我从 Facebook 上看到，我们一个同学，家里被劫匪劫了，笔记本电脑等若干财产，都被劫走了。我在想，要是我们不在家的时候，劫匪闯了进来，看到我们案上的一锅骨头，还可能会以为我们家是孙二娘的黑店，一定会吓得魂飞魄散，落荒而逃。

回家后，开始炖猪蹄。猪蹄很多，难免就有气味。这中间突然有人敲门，我打开门，发现是耶和华见证人教会的传道人。我认识其中一人，于是邀他们进屋。我认识的这个传道人叫罗吉斯，他每次来，还带个徒弟。罗吉斯本人会说流利的汉语，连“创造力”、“体系”这种词语都不在话下。而他带来的徒弟会一点汉语，属于初学者。

进了屋子，罗吉斯跟我讲起《圣经》与科学的话题。他跟我讨论伽利略的日心说和教廷的迫害，到底地球是圆的、扁的，还是驮在乌龟或者大象的背上。我等于把世界文明史又过了一遍。

谈兴正浓，猪蹄的味道也越来越大。过去他们来过，通常丢个册子说几句就走，这回我家猪蹄味道很大，我巴不得他们早点离开。可是他们就是不走。在俄克拉荷马州这个最富裕的小镇上，两个人西装革履，坐在我的沙发上，闻着一屋子的猪蹄味，他们误以为到了第三世界，在救赎落后地区的人民。这激发了他们的热心和爱心，使得他们能顶住磨难，坚持坐下去，讲下去。

渐渐地，他们开始说起了世界末日，跟我讲起了启示录。启示录由于内容晦涩抽象，在短暂的布道中大家通常不讲的。可怜的人，尤其是那刚学汉语还没学到中国人会吃猪脚这种深度的小伙子，灵里坚强肉体软弱，被熏得已经神志不清了。只不过他们也没有白讲。12 月 21 日的所谓玛雅世界末日刚过，我想起了一个道理。使徒保罗说过“因为你们自己明明晓得，主的日子来到，好像夜间的贼一样”（《帖撒罗尼迦前书》5:2）。意思是说没有人会知道什么时候那末后的日子会降临。居家过日子何尝不是这样？家里的摆设和气息，也要时刻准备着，谁知道什么时候会有访客？

◆◆◆ ◆◆◆ ◆◆◆ ◆◆◆ ◆◆◆

吃错饭

节假日美国人各种聚餐多如牛毛，这种时候大家也变得非常好客。有年感恩节前夕，我去接女儿。我女儿的音乐课学的是小提琴，学校组织了一支乐队，她们在各地举办演出。我下班迟，先前是夫人给送过去的。她让我去接，却忘了给我地址和门牌号。去的时候天黑，路上路灯也看不清楚，我看差不多到了，有个地方停车场人很多。我想应该就是了。停下车，绕到门口，门口一对小年轻穿着节日盛装，发给我一张票，说：“欢迎过来，拿好这张票，说不定能抽奖。”

我颇纳闷，心想来接孩子回家，还可以抽奖？新奇。早知这样，多生几个。

进门之后，发现一个大厅里聚满了人，摆放着无数桌子，红红绿绿地很多圣诞装束，大家在聚餐。我正要问演出的人在哪里，一个胖胖的西裔小姑娘说："这边请。"

我一进去，发现里头摆着三张长条桌。上面摆满食物。我又想问："请问演出的人在哪里？"我还没开口，一个红头发大妈从堆得像小山的小杯子中拿出来一个给我，叽里咕噜问了我一句话，我一时太蒙，没听明白，她又问："黄油要不要啊？"我突然想起了汉口路的南京话来："啊要辣油啊？"后面跟上了别的人，我不好再耽搁，于是把她递给我的黄油接过来。

就这么让我吃饭了，这与我来接人的规划不符。这时候，一个八九岁的小女孩，穿着绿色圣诞树花纹的马甲，头上扎着一条红丝带，递给我一个盘子，还有纸巾包裹着的刀叉，我就被后面的人流推动着，继续往前走。正在盛饭的人，依次往我的盘子里加入咸肉、火鸡肉、面包填料、红薯和豆子。

我拿着满满一盘子食物跑出来，走了一圈，没看到我女儿。我想可能是演出还没有开始，于是我在吃饭的大厅里等了一会儿。这时候主持人念起奖券号码来，得奖的人很多。念到第三个的时候，我一看，哇，我得奖了。赶紧上去，发现奖品是三罐花生米。

我苦笑，心想这屋子里有大象没有？餐桌对面一个笑容可掬的老头，跟我说恭喜。我说我们单位免费供应零食，我天天下午饿了都去吃花生米，以后病了我自己都能查出原因来。您要不要？

老头说，好的，多谢，也巧，我夫人常做甜品，我这里得了一盒饼干，要不你拿去？我们这就算提前交换圣诞礼物了。

跟老者聊了几句之后，女儿还没出来。我于是问他：这里是不是某某教堂？

他说，哦，那是在对面，你还要过一条街。

我赶紧道别，然后提着一盒子甜饼干，端着一盘子火鸡咸肉红薯青豆，出了门，走到对面去了。

◆◆◆ ◆◆◆ ◆◆◆ ◆◆◆ ◆◆◆

豇豆饭里过新年

新年那天，我们去美国餐厅“三角洲咖啡屋”。该餐厅这一天还免费供应“black-eye peas”，亦即豇豆。为什么新年供应豇豆？听同事介绍，新年吃豇豆的传统已经很多年了。美国感恩节大餐很雷同，多为火鸡、火腿肉、红薯、青豆、南瓜馅饼等。而新年的饮食各州略有不同。我一同事来自俄亥俄，说那边传统饮食还包括咸牛肉和炖白菜。有意思的是，在养牛很多的南方，新年传统是吃猪肉，比如咸肉（bacon）等。为什么呢？因为猪觅食的时候，是在地上往前拱，这象征着“前进”、“进步”。这还是保守了，袋鼠还往前跳呢。

吃豇豆的传统怎么来的？我问同事，他们都说也不知道。有个同事说豇豆带来好运的说法，可能是种豇豆的俄克拉荷马农夫造的谣，好在新年的时候一次赚个够。这个说法我还不满意，不过恐怕也只有一个外国人才会追根究底去查，本地人不会去考虑传统的由来。

好奇心没得到满足，我就去问万能的维基百科。维基上的版本很多，一说是犹太人的经典《塔木德》中曾记载过犹太新年的吉祥食物之一是rubiya，亦即豇豆（也可能是“葫芦巴”的误译），犹太人到美国南方后，把这个传统带了过来。也有人说这是美国黑人（尤其是路易斯安那克利奥尔人）的传统饮食。还有个说法是，在美国南北战争期间，北方军队扫荡南方，将乡下食物劫掠一空，抢不走吃不掉的就放火烧掉，而豇豆和玉米这种野地的食物，北方佬认为不是人类食用的，故放过没烧，一些南方人借此存活了下来，玉米饼和豇豆成为餐桌上的常客。

很多美国餐厅，在新年期间推出豇豆菜谱。最受欢迎的菜谱名叫“欢跳约翰”（hoppin' John）。这是豇豆、绿色蔬菜（通常为菠菜)、米饭混成的一道菜。豇豆与好运如何关联起来，关注的人已经不多。其象征意义，倒是有很多人提起：豇豆吃之前要用水泡，水一泡会胀大，这象征着事业发展壮大。绿色蔬菜象征着美元，因为美钞是绿色的。很多人吃完了，盘子里要留几粒豆子，预示把这发展、发财的好运带给来年。有些人家还在饭里藏上一些硬币，看谁有运气吃到。

这些传统，或是其背后的说法，和我们过年吃饺子和吃鱼的做法很像。人和人差别很大，但是揭了一层皮又是一样。东西方文化的任督二脉，在饭桌上就可以打通。

保健记

我奶奶六十岁开始,每天坚持走五英里路。她今年九十七岁了,不过我们都不知道她走到什么鬼地方去了。

——美国喜剧演员、主持人艾伦·蒂吉纳瑞丝(Ellen DeGeneres)

活着是很致癌的事

我是周围最不注意保健的人之一。这不是什么光彩的事情。我并不为此感到骄傲。

最近,附近一家银行为了建立客户关系,来学校给员工提供一餐烧烤。我把盘子装得满满的。同事只装了一点,还没有吃,便拿出手机来,挨个往里面记录:四分之三磅小汉堡一个,豆子两勺,土豆色拉两勺,然后他还用条形码阅读器阅读了薯片上的条形码。他说他每顿饭都这么登记,好控制自己的热量摄入。他每天坚持跑步,跑步完了也登记上去,看消耗了多少卡路里。果然，几个月下来，他瘦得人整个小了一号，成效非常好，他的意志力我也十分佩服。可惜这种节食方法对我很难奏效。如果吃不饱我下班前就饿，一饿我就浑身冷汗，浑身冷汗我就想尽快回家，想尽快回家我就超速，超速我就吃罚单。不是我不想减肥，是目前的交通法规，对我的节食不利。总之，我的发胖，是大环境造成的。

当然，保健是需要的。我家那口子尤其讲究。比如不用塑料瓶子装水，这还可以理解，现在越来越邪门，吃饭开始吃糙米，说糙米更健康。我家突然就这么形成了两党制：糙米党和糯米党。我偶尔喜欢吃吃糯米，对方辩友说糯米不健康。我不喜欢糙米，一吃糙米觉得生活一片粗糙，这时候话糙理也糙。如果精算一下的话，这种负面情绪对于寿命的影响可能比吃什么米更大。

当然她的说法可能也都是从什么地方看到的。根据2012年9月《消费者报告》发布的一项研究，美国食品和药物监督局发现，多种米制品中含砷。砷含量过高，会增加皮肤癌、膀胱癌、肺癌和心脏病发病的几率。做个中国人真不易，吃个米饭还查出这些问题。但生就以米饭为主食的人，也不大可能因此改变饮食结构。

过去，减肥专家阿金博士曾让人少吃高碳水化合物食物，此时面包为众矢之的。营养专家真可怕，次次都冲着主食来，不是米饭就是面包。这样下去，大家可能要跟爱尔兰人学，拿土豆当主食了。美国人有时候拿爱尔兰人开玩笑，说去爱尔兰可以吃爱尔兰七道菜大餐——六听装啤酒和一个土豆。这种科学发现，有时候也是在变化的。1967 年，美国曾经有个广告，上面是一盘子米饭，上方文字为："你看到过胖子中国人吗？"广告创意人有所不知：1967 年中国经济条件那么差，即便是白饭，又有多少人能吃饱呢？

注意健康是好事，我受不了其中的狂热。有朋友给我寄来了一篇关于饮食与"身体排毒"的文章。可是不看还好，看了更头痛。我可以不去吃炸薯条，我也很少喝可乐，但是我万万没有想到，鸡蛋原来也不能多吃。鸡蛋的胆固醇非常高。牛奶也不能喝，牛奶提供的钙质是不容易吸收的，结果越喝体质越酸。我还一直以为这些东西是健康的、营养的呢。

方便面更不能吃，方便面一个月顶多只能吃一次，吃一回方便面要吃五斤蔬菜排毒。鸡肉也千万少吃，因为鸡是打了女性荷尔蒙，男孩子吃鸡不长鸡鸡，长胸脯。如果万不得已，有人拿刀子架在你脖子上，要你吃肉，你要选择吃白肉，不要吃红肉。你可以冒着长鸡胸的风险，也不要去吃红肉（牛排也是）。红肉容易导致大肠癌，死得非常痛苦。

这么一来，我家冰箱几乎四分之三的东西都可以清掉。

晚上跑到健身房，由于壁球室客满，我在外面没事干，看布告。布告又贴出了"十大不健康食品"，列在第一位的，就是我很喜欢吃的一种鸡肉馅饼（chicken pot pie）。如果我再按照这上面的说法去排除，我的冰箱剩下的东西就可以全部装进垃圾桶了，除了一些蔬菜和红薯。

照那篇文章的说法，应该去吃糙米、麦子这些。如果有可能，您最好去吃草。我突然想到了海子的诗歌。我发觉营养学家说的有利于健康的东西，全在海子诗歌里。阳光，麦地，海浪，麦子，野花，葵花，樱桃……真正的诗人都亲近自然，自然给我们的才是健康。遗憾的是，我们都没有机会看到这位天才诗人和天才营养学家的长命百岁，倒是我们这些吃着不健康食物的蠢材还活着。

活在都市，我们也只有面对各种各样食物的凶险。我发觉周围几乎所有食物都有毒，风声鹤唳，草木皆兵。要不我们什么都别吃，成天咕咚咕咚喝水算了。可是自来水要过滤，否则不纯不净，而纯净水又太纯净了，太没有矿物质了，太没有营养了。为了避免不健康的饮食，可能最好的办法是喝西北风。

是的，这世上很多东西都致癌。但物极必反，太过担心，失去了生活乐趣也不好。活着本身就是很致癌的事。

美丽的错误

当然，也不是说我无视健康。人自作孽不好。到了中年后，人们愁的是婚姻危机和身体健康。常听说中年知识分子猝死的新闻，南京大学历史系一教授，不到五十二岁就与世长辞。另外一个高危人群，是IT界人士。前几年曾有一调查称，中关村IT精英平均死亡年龄是五十三岁。我想这和知识界、IT界长期伏案工作、缺乏身体锻炼有关。一个常见的说法，是这些群体处在“亚健康”状态。本人长期翻译、写作，算个小知识分子，但是正式工作又是在IT部门，从事教育技术类工作，所以两个高危群体都沾边，应为亚健康里的极品。

因此，我还是约了一下家庭医生，去进行例行体检。我们的保险公司，每年可免费体检一次。

体检的时候，护士给我量了体重身高。我发现我的体重和身高在数字上渐渐接近了，这都是平时在食堂吃自助餐吃出来的。医生后来过来，用听诊器给我稍微测了一下，问了几个问题，说我好像都还行。然后就让我去验血验尿。

化验室外头坐着一排老头，等着化验。化验接待的人让我先进隔壁一洗手间取尿样，说尿样的瓶子要放门后。洗手间的门挨着化验室的门，我也没听清是哪个门后，但是我看洗手间里有很多瓶子，我想应该就放这里吧，于是就放在洗手间门后。出来后，不多久，又看到一个妈妈陪着来的年轻女子，被叫过去取尿样。她也没有把尿样拿出来，应该也是放在了洗手间门后。 然后我就被抽了一管血。还好，在俄克拉荷马抽血化验，只抽了一管。不知何故，过去在西弗吉尼亚抽血化验，居然抽了四五管，好像每根试管只管一种化验，结果验血弄得如同献血似的。

几天后，护士打来电话，说化验结果出来了，我似乎有点问题。她说话的时候我手机信号不好，听不大清楚，似乎说的是 amenia, 我很久不接触医学词汇，为了准确起见，去查了一下，发现意思是“闭经”。作为一个男的，你让我闭嘴可以，怎可能闭经呢？

我看过一部电影，叫《搏错命》（*Short Time*），说一个即将退休的警官，被查出来得了绝症，为了养家，他得因公殉职，才能拿到高额补偿，所以开始变得英勇无惧。后来才发现，他的血样是和另外一个人换过了。我在想，是不是那个和我一起去化验的女子，因为怀孕了，她想堕胎，结果被她妈逼着去检查，她不想让她妈知道，于是在洗手间里偷偷把我的尿样换走了，害得老夫被查出了“闭经”。真是天大奇冤，怪不得到了五月气温剧降，我们州都下起了雪来。

我打了个电话给护士，问是不是搞错了。

护士说是不是先前没说清楚，报告上说的不是 amenia（闭经），而是 anemia（贫血）。

◆◆◆ ◆◆◆ ◆◆◆ ◆◆◆ ◆◆◆

失传的散步艺术

我有朋友给自己做年终总结，说一年下来散步里程数为三百多英里。这不过是一天一英里，不足为奇。不过在俄克拉荷马和德州，默认的交通方式是开车，散步机会少，物以稀为贵。回国后，三五里的路，我都步行。现在国内生活条件好了，人也懒了，出行有的开车，有的骑摩托，有的骑电瓶车，总之不给自己活动筋骨的机会。走路的只有老年人和小孩。我走着走着，路上几次被熟人问："你怎么在走路？"好像走路犯了法。

少走路是坏事。俄克拉荷马、德克萨斯这些地方，人走路少，肥胖率就高，也会产生各种健康问题。纽约、洛杉矶这些便于散步的地方，就没有这么多胖子。我们这边的大路，很多没有人行道。要想走路，就只能走到边上的草上。很多公园倒有散步小道(walking trails)。小道上也浇了柏油，只不过窄得很，只容散步。搞笑的是，公园如果不在你家附近，想散步先得开车过去。这倒事小，更大的弊病，是太专用，太固定，走在上面缺乏探险和探索的感觉。

散步不光是身体锻炼，也是头脑的锻炼。英文有首歌叫"I Wonder as I Wander"（"一路走一路好奇"），我女儿就表演过。佛蒙特大学教授罗伯特·曼宁和他的妻子玛莎合著了一本书，叫《步行距离：普通人可以走的远足路线》，书中说散步是一种简单而深刻的运动，深得梭罗、华兹华斯等作家和诗人的热爱。柯勒律治说华兹华斯一生走了大约十八万英里的路。对作家来说，发呆和散步这些活动都是工作：他的脑子在转，他在采集素材，打腹稿，或发现灵感。

社会活动家也借远足实现自己的梦想。甘地为挑战英国的法律，1930年发起了盐路长征，走了两百四十英里到了海边。小马丁·路德·金博士在1965年步行了五十四英里，抗议不公平的选举法。那种抽象意义上的路，如独立、平权，还真是靠这些人走出来的。这些英雄一路走，加入的人越多，于是就成了运动。

一家人一起散步，是再好不过的亲子时间。出了门，散步时除了说话，没法去沾别的干扰。现在生活在都市的孩子，家长不推动不带领，他们是不会主动出去散步的。和电子游戏比起来，散步太没劲。不过，我们这些数字移民熟悉的“现实生活”（analog living），和他们这些数字原居民的“数字生活”（digital living）也不是非此即彼。我就在手机上安装了散步计步器程序，这种程序能把散步的距离，消耗的卡路里等数据统计出来，使得散步的价值更直观。

散步散步，散是一个要素。谁说非要去公园那种专款专用的散步小道？去健身房跑步机上走步跑步，感觉有点像转圈跑轮子的小白鼠。自然的散步更好。即便在俄克拉荷马，想出去走走也总会有办法。小区里面，有人行道可走。如附近有中小学，通常其操场也可使用。只不过有时候家长们怪得很：花钱让小孩去做的事，大家很积极；没有贴上价格标签的事，反而不屑一顾。要是小学说来操场跑一圈收五块，或是小区物业管理说管理费增加散步养路费五十元，保证带小孩出来走路的人更多。您看，自己去散散步，一下子就省了好多钱。让您知道您正在省钱是我作为一个作者很喜欢做的事。不用谢。

◆◆◆ ◆◆◆ ◆◆◆ ◆◆◆ ◆◆◆

献血记

学校一个老师的亲戚，到了中国，遇到一事故，被烫伤。大的危险倒没有，只是家人抱怨“中国止痛药用得太保守”。根据我的了解，在中美两国即便生同样的病，用药剂量都大不相同。我以前一房东，在美国生活十多年后，回到中国养老。回去把美国医生开的药拿给中国医生看，中国医生都很吃惊，说怎么这么大剂量？后来她吃药，都把美国医生开的处方打个折扣，按照三分之二的量吃。

这中间我估计一个原因是，美国人通常比中国人高大，所以用药量自然比较大。同样，我发觉体检抽血也是。化验的时候抽血，都是抽几大管子，看得人都想晕倒。有过这种抽血的经验之后，我去年跑去献了一次血，一看血站工作人员拿了大约五六个袋子跑过来，我差点就跑了。我记得我是来献血的，不是送死。还好后来工作人员跟我解释说只要一袋子，我才如释重负。

除了这种量上的差别之外，“质”上的差别也比较大。比如人发烧，我们用被子捂出一身汗就好了。美国医生让你自己洗温水澡降温。到底哪个是对的呢？我至今都不知道。这会不会也和体质有关？大部分白人十分怕热，但是并不怕冷。民国时，有美国人去中国传教，在街上宣传说地狱的熊熊烈火如何酷热，有个中国人在观众中面不改色心不跳。传教士问：你哪里人？他说：我南京人。

而南京和江苏其他一些地方的传教士，如赛珍珠的爸爸赛兆祥，都在庐山置有消夏别墅，因为一到夏天，他们实在受不了。我们办公室的空调，一个夏天不知调整了多少次。空调稍微坏掉，我半天都觉察不了，但是我隔壁的同事准会跳起来，打电话去找人修。空调好了，突然办公室冷起来，我第一个会冻得哆嗦，但是几个白人同事就像没事一样。可见大家体质上对于外部环境的反应是完全不一样的，故而遇到发烧的时候，一个降温，一个加温。

再比如牙齿。我们中国的一些说法是，牙齿不好，那么肯定跟身体内部什么机能有关，或许是肾不好导致你牙齿松动，减少性生活有利于你的牙齿。“身体发肤，受之父母”，牙齿能保留就保留。美国牙医则不同，给你拍下X光，然后拿出图片来告诉你，你牙龈的骨头收缩到了什么什么地步，你哪里哪里发炎了，然后说：拔掉！这时候你可以跟他发生言语上的拔河，说不拔。他说你不拔，这个牙齿发炎导致的血液坏掉，这血液会流到你的心脏和身体其他各处。听他的口气，你不按他的说法去做，接着会死的，且可能马上就死。

由于这种体质上观念上的各种不同，我们一开始对于西医将信将疑。我家夫人尤其如此，一遇到什么毛病，她习惯于自己解决。她治病有三大法宝：醋、盐水、红霉素眼膏。这种治疗办法，往往让人提心吊胆。我说你又不是医生，瞎折腾什么，还不快快约医生！她说她很懂医学，说很多年前读书期间，她曾经看过《本草纲目》。我说从来没看你看文言文，怎么啃了《本草纲目》我都不知道？大隐隐于吾宅也！她说她看的是翻译过来的白话文版本。这哪行啊，李时珍错一点，翻译错一点，加上材料上差一点，结果还不失之千里？光学《本草纲目》不行，要想成为一名良医，起码还得学一点质量控制里说的六个西格玛，从而认识到每一个小环节上的失误，最终会造成结果上的巨大偏差。修家里的水龙头这种事，可以看

Youtube录像自己动手，大不了水漫金山保险公司来赔。医学上的自助总是很悬乎。有一《庸医传》记载：“长兄某，幼学文，屡试不中。弃文从武，一发毙鼓吏。又学医，三年无一顾者。偶得小疾，自试一方，卒。”

但是某些人就喜欢用各种不可靠的信息来源来支持自己的决定。后来，《本草纲目》也记不得了，此君开始道听途说，广泛采纳各种偏方。有回体内出现结石，她就听说了一道美国偏方，就是连续很多天大量喝果汁。偏方之所以叫偏方，定有其偏颇之处——喝果汁的办法即便见效，结石或许没了，如此大量吸收糖分，不怕得糖尿病？最后，果汁白喝了，还是去医院给治了。

◆◆◆ ◆◆◆ ◆◆◆ ◆◆◆ ◆◆◆

虚荣尺寸

有次保险公司安排体检，给我们量体重、身高、血压、血脂等等，我的体重是一百五十五磅左右，结果保险公司工作人员给了我一张表，上面说我属“超重”（overweight），我想这真是冤枉，我怎么可能会超重呢？

垂头丧气走出来，接着按他们给的网址，上网去填写健康问卷。该问卷询问我们一系列和生活习惯有关的问题，以便对症下药地给出身体保健建议，我一一填写了。

后来报告出来，说我的体重目标是一百六十五磅。

这下我蒙了，刚才去体检室检查，说我一百五十五磅超重，现在说我必须瞄准一百六十五磅的目标。这是要让我减肥呢，还是让我增肥呢？

这是同一家公司做的检查和问卷，两个结果十分不准确，后来我也就完全忽略了他们的健康建议。我猜是因为两次测量用的标准不一样，殊不知我体重太正常了，检查工具没见过，傻了，给我瞎指挥一气。也可能是检查那天，我前面是一胖子，把体重计的弹簧给踩坏了，以至于系统失灵，使得我生平头一次被“超重”了。我平时不轻信统计数字，看来还是很有道理的。

恰好那阵子同学聚会，我没法参加，退而上网，求大家的玉照。这不看不要紧，一看我乐坏了。别看我比过去胖了些，跟他们一比，简直好多了！咱们在美国打拼很辛苦，还是国内生活滋润，同学们全都发福得我几乎都认不出来了。女同学还好，男同学一个个就跟破罐子破摔似的，打不赢光阴，身材随他去了。当年的他们，好像一个个被一伙胖子吞吃了。

不过和很多美国人相比，他们又算不了什么。美国肥胖症现在成了一个大问题。更容易肥胖的是吃垃圾食物、没钱没时间去跑步去健身的中低收入阶层。肥胖会引起诸多健康问题，一些低收入阶层看病用免费医保，这样费用转移到了其他纳税人身上。

可惜生活习惯的改变，非一朝一夕之功。现在越来越多的州开始通过法律来解决问题。一靠“质变”：在我们这里的一些学区，学校放置的自动售货机，只能卖那种号称“节肥”（diet）的饮料（如健怡可乐），即便这些所谓节肥饮品，比常规汽水饮料对健康的危害小一点，但销量太大，对孩子们的影响还是值得忧虑。我一同事在高中任教多年，他说有些高中里，每个月这种自动售货机给学校带来三四千块的收入，足见购买者之多。

二靠量变，比如限制尺寸。最近，纽约市出台了一项法律，禁止商家出售大号杯汽水。不过，道高一尺，魔高一丈，搞不好商家也开始搞“虚荣尺寸”，大杯充小杯，让你感觉良好，而且可以一次喝个够。

过去几十年间，美国服装的尺码也变得很快。密歇根大学营销教授 Aradhna Krishna 曾向美国公共广播电台介绍：“1950 年标为 8 号的尺码，到了 1970 年变成了 4 号，到了 2006 年变成了 0 号。”换言之，你的身材可能越来越臃肿，但是你去买衣服，却发现尺码越来越小，或者说没有变化。这让你购买时感觉良好，觉得时光这把杀猪刀，还没有宰到你。这种做法，叫“虚荣尺寸”（vanity sizing）。该报道还称，亚洲也一样有这个做法，比如胸罩的 C 杯，在美国只能算 A。这个做法，周瑜打黄盖，一个愿打，一个愿挨。想来人类也挺绝望的，为了感觉良好一点，什么事情做不出来？

居家记

世界上只有两种东西值得我们为之战斗:一是家园,一是权利法案。

——美国海军将领史沫特莱·巴特勒(Smedley Butler)

前院种草,后院种菜

在美国,中国人家里,到底是要草还是要菜,这是个问题。

前院大家一般种草,毕竟邻居家屋子前全部种草,绿茵成片。我们这里的百慕大草,在有些地区就算野草,在这里就是家草。被无数儿童嘟着嘴吹着拍成照片以便保存童年回忆的蒲公英,却成了野草。人们见了,必咬牙切齿,除之而后快。如此处理,显然破坏了生物多样性。

不过不处理还不行。首先,作为邻居,你就是他家大环境的一部分,你家草坪乱七八糟,会影响整个小区的形象,导致他家的房子无法升值。另外,你家的野草会开花,风一吹,那野草的草籽就会飘到他家的草坪上，导致他家也开始长起野草，他就会怪罪你家长到他家草坪上去了，除非你去做草籽的亲子鉴定，证明不是你家的种。

本人常年伏案写博，非常繁忙，无心除草，所以我家草地属于那种不上不下的种类。如果长期下去，势必东风压倒西风，野草多过家草。

不过到了春天，治草的公司便雨后春笋一般，纷纷涌现，把大大小小的广告，塞得门缝、信箱里到处都是。

我今年决定治理一下，于是选了一家。这公司说他们的工作程序分八个疗程。每个疗程，分别给草诊断，除杂草，施肥，等等。我说这太复杂了，能不能简单一些。他于是说你要是不接受这精装本的，我们也有平装的：每年四次，分春秋两季，各二次。我于是答应了，他们便给了我一个电话，说对方是专门负责账务问题的。美国人办事就这样，一个部门干一样事。

那个账务部门的电话我没有打通，所以留言让其回电，但一直没有收到回电。有一天回家，我就在门口看到了标记，说此草地已经喷药。原来喷药的管喷药，不管财务的事情，两方没协商好，所以不管三七二十一，跑我家喷了。

我突然想起，我后面草地里种的韭菜、香菜和大蒜，是不是也被喷了？

很多中国蔬菜，美国人并不认识，比如韭菜。有个朋友家院子里种了韭菜，但是他平时太忙，请了个高中生来割草。小伙子根本不认识韭菜，于是当野草，用割草机割了。

我这韭菜和大蒜，被喷了药，还能不能吃呢？

过了几天之后，我全给剪了，可是一看一批大蒜倒在地上，我很难过，很是心痛，于是收拾起来。用水泡了一晚上，接着被夫人炒了鸡蛋。我不敢让他们吃，于是自己吃了。感觉是神农尝百草，冒死吃河豚。

我们这里还有一哥们儿，南京人，喜欢吃野菜，见到自家草地上长出了一些疑似他在南京看过的野菜，于是给挖了，炒了，自己在家吃了，也是一样没让家人吃，然后自己躺在沙发上，寻思接下来像哈姆雷特一样思考是生还是死。

之所以这么敢吃，也是人在他乡，嘴里淡出鸟来，故而都成“馋宗大师”了。

中国人在后院种菜非常普遍。我们家由于屋后竹子很多，阳光不足，种什么菜都很苗条，只能说是通过育苗、浇水这种种的过程，陶冶一下情操。我们家每年的收成都不好。去年我们四周喷了杀虫的药，结果害虫是没了，但是好虫也没了，花粉传播出了问题。夫人嘱咐我用棉球传播花粉，我这么忙，哪里还能去管花的性生活，随之任之，结果大为歉收。而有好多中国人家种的冬瓜等各样蔬菜，多得根本都吃不完。美国人当然也有种植的，但不如中国人整的这么丰盛。

即便这样，大家还变着花样，去吃童年的食物。有位湖南老兄，非常想念糍粑，苦于没有工具制作，于是自己去印第安人商店，买了一圆木，设法挖空，自己用熟糯米捣啊捣，折腾好久，做了一些糍粑来。这种童年的食物，能给漂泊在外的人，提供一点心灵上的安慰，所以这种食物又称"comfort food"，几年不吃，人是要上房揭瓦的。

春天到了，又是挖荠菜的时节。但是我们这里由于草地治理得太好，荠菜是当地人痛恨的野草之一，所以越来越少。

于是乎一群中国人，组成车队，左牵黄右擎苍，锦帽貂裘，千骑卷平冈，去另外一个城市的郊区挖荠菜了。

那个挖荠菜的地方是公园，阳光明媚，美国人在公园烧烤。看到一群中国"义工"，在其公园弯着腰帮其除"野草"，一个个十分感动。你看你看，中美之间，这友谊杠杠的！仿佛汇率之争人权之战都不存在了似的。

那一刻，全球和谐共处世界大同的幻象，仿佛又在公园出现了。

◆◆◆　◆◆◆　◆◆◆　◆◆◆　◆◆◆

自己动手丰衣足食

淋浴水龙头坏了，我去家得宝商场（Home Depot）买了一个，回来发现不能用。退货时发现，我的水龙头里的水管是一英寸的，现在通用的多为四分之三英寸和二分之一英寸的塑料管。美国不仅苹果产品和微软操作系统动辄升级，水龙头居然也更新换代。东跑西跑找了好多家都没买到，十分折腾，不由遥想当年——在国内，家里东西坏了，可向物业求助，也可打电话雇人来修。

美国维修服务须提前预约，有时预约了一两个星期才上门。上门之后，什么也没修，照收出工费。如修理烘干机洗衣机的公司，一出来就得六十多美元。修理时，除了材料，工钱另算，一小时起码五六十美元。卖家居用品的地方很多，货品琳琅满目。可惜大多不免费送货，也不上门安装。送货或安装须另行付款且价格不菲。在国内，很多时候材料值钱，人工白送。美国材料便宜，涉及人工，价格就噌噌飞涨。蓝领工人常会参加工会，工会有保障的劳动价格，免得同行恶性竞争。还有法律保护服务业从业者的其他利益。我过去电话坏掉，维修工说地下室有石棉，不利其健康，拖了几个星期都没有修成。我最后放弃了维修，完全改用手机。后来有人调查谁先放弃固定电话改用手机，我发觉我是最先改变的人之一。不是我有意这样，都是被电话公司的人逼的！

除了修空调冰箱这些技术活，换水龙头这种小事，自然自己动手。久而久之，自己动手的事越来越多。几年下来，我学会了维修车库门、换抽水马桶配件、换水龙头、修水泵等各种杂事。自己还当泥水瓦匠，修理院子里的台阶；当木匠，修后院的木露台。前几日，买了个乒乓球桌，自己在家慢慢组装。乒乓球桌原产地为墨西哥，说明书写得一团糟。说明书上说安装是三个人一起做的活。我一个人在家慢慢装，头一天晚上装到凌晨一点半，第二天一折叠发现装错，又花了一晚上重新拆掉安装。

我有个同事，周末经常去上家得宝商场的家居装修课，几年之后，自己动手把卫生间重新装修了起来。自己装电线、贴瓷砖、装马桶、装冲浪式浴缸。可惜装完之后，房子因故卖掉。他每次从房前路过，总是留恋地张望。“哪怕让我回去冲个澡也好。”他跟我们说。自己动手的满足，是花钱请人难以买到的。

经常听人说美国男的很能干，好多事情自己动手。信不信由你，哪天中国人工变得跟美国一样贵，中国人会更能干。目前最大的不同是，很多美国人发现自己动手是一种乐趣。它们不是为了享受生活而可以外包出去的劳作，其本身就是生活的一部分。中国很多人，尤其是知识分子，还活在“劳心者治人，劳力者治于人”这种简单、二元的思维之下，鄙视这种亲自动手的“蓝领”劳动。殊不知这种劳作也需要不少聪明才智，不亚于你在电脑上东拼西凑的狗屁项目建议书。这些劳动，也能提供不少生活的平衡和乐趣，有时候还可以拯救你的婚姻和你孩子的教育，不信试试。

◆◆◆　◆◆◆　◆◆◆　◆◆◆　◆◆◆

邻居大战

经常上Facebook，会看到美国人不少鸡零狗碎的事情，很有意思，这也是了解其文化的一个方面吧。

最近，一个老美同学控诉其邻居家的树老是不修剪，他警告多次，不得解决。这下好，突然有一树枝掉下来，砸断了他们家供电的电线，让他们家突然黑灯瞎火。他义愤填膺，说要找律师来解决了。这便是美式正义：sue the bastard。

他怎么不跟我学一学呢？别看本人纯属老外，但并非不懂风土人情。毕竟我脑袋上长有一双雪亮的大眼睛，非常善于观察，并且随时观察随时总结随时分享，几乎就是一个专门研究美国人的人类学家。

遇到这种事，凡树伸到我家院子里的，我就拿一把大剪刀咔嚓咔嚓剪掉，这是法律规定我可以做的事。只要越界，我就可以修理。我修理是我的权利，是不会伤害和气的。同样，我家过去的树也很高很大，伸展到我邻居家，邻居也剪，我也不在乎。我不明白在哥们儿这里，怎会闹到请律师。也可能他们在纽约，树太多，忙不过来。不像我们这里就仙人掌疯长。我春天刚种两棵树，天天绕树三匝，冥想着这十年树木百年树人都要熬到什么时候。

接着又有一个俄克拉荷马朋友，上网抱怨他的邻居。哥们儿是一赛车人士，对车很精通。我上次买车，就是他专门跑去帮我参谋的。他把自己的车，装了很高的大轮子。家里车库估计放不下，于是他在自己屋子外的空地上，建了巨大的车库，看上去就跟飞机机库似的。他们家在高尔夫球场附近，环境秀美，突然冒出这么一个庞然大物，就有邻居不爽，匿名写信告诉他：邻居，多谢你建了这么个又大又丑的什么东西，成天让我窝心，降低了这一带物业价值，你开心了吧？你是不是再栽一些参天大树，把这丑八怪藏起来啊？此致敬礼，你的怒火万丈的邻居。

我这朋友把他邻居的信扫描了，发到网上，还说，怎么有心写信，无种留名？我估计，一留名，他们小区就会爆发枪战了。他的朋友纷纷支招，告诉他怎么对付这邻居。

所以我想想我们的邻居，还觉得十分幸运，因为人家也不过就是换换老公而已，并不造成环保问题。当然，我们小狗一直叫一直叫，搞得我也好奇起来，不知道邻居家原来的男人，怎么突然就没了，是不是被奸夫淫妇给干掉了？这么一想，我发觉我能闻到异味。后来我考察了一圈，发现异味来自我的地毯。是下雨的时候进了雨，发霉的霉味。我是自己吓自己而已。

总之，我们是不管邻居闲事的，一般来说没有什么事情。

过去在上海，邻居家的空调老是往我们家窗户上滴水，滴滴答答，滴滴答答，我正在翻译《河湾》，空调滴水吵得我心神不宁，神经衰弱。上去反映情况，邻居家老婆把我劈头盖脸说了一顿，说她丈夫发烧儿子拉肚子，哪里有空管你什么空调不空调啊？我说那不急，等大伙儿病好了再说。不过她只从自家人的角度考虑问题，不顾对别人的影响，让人听了很不舒服。我又不知道你一家人生病，我只是上来反映情况的。我又没让你一家人带病马上修。影响别人又不解决问题，不自私吗？接个管子，能费多大事？但是这也不是什么大事，我没跟他们去吵。后来男的还不错，下来跟我商量怎么解决了。都是鸡毛蒜皮的小事，大家各让一步好办得很。

不过我也不是百分之百肯定这种做法是否有负面效应。我过去隔壁另外一个老者，骑一辆硕大的永久牌自行车，喜欢占点小便宜，回家后就把车用大铁链拴着，停在我们家这一侧的过道上。我们从来没去管。后来他搬家了，到别的地方了，还想继续这么摆放，新邻居不答应了，双方大吵，老者心脏病发作，居然一命呜呼。我在想，假如我们当初不去惯着他，也不让他放，也和他吵，他会不会没有这个期望，多活几年？

也难说，说不定和我一争吵，心脏病提前发作，还早走几年。而我会惹上官司，没法出来，一切发展都滞后。本文是否还存在，也就成问题了。

受灾记

不喜欢我们这儿的天气是吧？等一天，会变掉的。

——俄克拉荷马艺人威尔·罗杰斯（Will Rogers）

横贯美国的四十号公路，据说是龙卷风的“走廊”。不过2012年我看到的袭击俄克拉荷马的龙卷风，却从俄克拉荷马南部斜穿过来，和四十号公路呈交叉状态。我听到的另外一个说法是，俄克拉荷马城南的诺曼受袭击不多，印第安人说是因为有印第安祖先墓地的缘故。不过近年那里也受到了袭击。风魔根本不按规矩出牌，防不胜防。

我家在俄克拉荷马城北，西边的一个新小区被龙卷风袭击过一次，隔着两条街的一家屋顶被龙卷风掀掉一次。北边的加瑟瑞小镇也被袭击过一次。我刚来的时候，和老邻居厄尼讨论过龙卷风的可怖。次日老厄尼登门拜访，给我拿来一本《圣经》，跟我说最安全的地方，是在耶稣宝血的覆盖下。不过我想上帝也已经从各个方向，警告了我三次之多，如果我再不行动，就属于自作孽不可活了。大风来时，我何德何能，可立狂澜于不倒呢？天助自助者，于是我决定投资装个龙卷风掩体。

这个掩体装在车库里，可以把一辆车子停在上面，留一个口子，随时能下去。平时掩体用不着的，我们同事说他用它来换机油——车子停在上面，人钻下去，便于看到车子下面的零配件。

春季一到，我们就在下面储藏了一些水和干粮，以及电筒、收音机。2013 年 5 月 19 日是星期日，有预报说会有多次龙卷风袭击。俄克拉荷马龙卷风警报系统部署得很好，且每个星期六正午拉响一次，确保都能运作。在一个非星期六正午的时候，警报拉响，就说明龙卷风真要过来了。养兵千日用兵一时，我们终于一家人全都跑到了掩体内，用收音机收听消息。这收音机全天候可以收听，不用电也不用电池，而是手摇曲柄充电，以防万一。到了这种紧急天气的时候，所有频道都在播天气消息，俄克拉荷马对龙卷风的预报十分准确。龙卷风到了什么地方，甚至哪一条路，都说得很清楚。之所以还会死人，因为有时躲也来不及，风比人甚至车速快。车子时速在这种天气下就算是八九十英里，也不敌时速两百英里的狂风。

在掩体里，听说龙卷风就离我们家几条街远了。这时候听到乒乒乓乓的声音，我们估计屋顶又被龙卷风砸了。这种强风暴天气——包括龙卷风天气——通常挟裹着冰雹一起来。

警报结束了十分钟后，我们爬了出来，果然看到草地上有乒乓球大的冰雹。前不久我们的车才被冰雹砸了无数坑，这次屋顶又被冰雹砸了，而且是第二次被砸，实在祸不单行。

好在人没事。我们东部四五英里处的一个小区有龙卷风着陆。附近还有一个小区，叫 Luther（我给译作“鲁肃”），也遭到了龙卷风袭击。该镇一个活动房住宅园上，活动房子被刮走了，两个七十多岁老人死去。

鲁肃镇真是倒霉，从去年起，陆续遭遇了火灾、地震、洪水和龙卷风。二十世纪四十年代，这里有对夫妻挖井，挖到一定深度后土质坚硬，于是他们用炸药炸，结果在炸飞的土里，发现了一尊塑像，后来发现是中国的“老寿星”塑像，至今已有三千年历史。为什么中国老寿星塑像会出现在俄克拉荷马鲁肃镇地下十五英尺的泥土里呢？这是个至今未曾破解的谜。查完鲁肃镇之后，听说晚上还有龙卷风来。我于是先去洗澡。

洗澡的时候我在想，怎么没有人将此塑像和这里的各种自然灾害联系起来？我倒是浮想联翩，心想这倒是可以拍一部《达·芬奇密码》那样悬疑加奇幻的电影。或许郑和下西洋的时候，来过这里，看看这里什么都没有，就跑回去了。其中有个家伙留住没走，后来就成了这里的印第安人。我还在继续编剧：郑和一共带了三个老寿星，丢了一个在俄克拉荷马，还有两个找不到。三个寿星同时出现的时候，地球将会反转，你我都要年轻好几十岁，美死你们。

在地下编剧编到一半，突然警报又响了，我没来得及擦干身体，湿漉漉又钻掩体下去了。我的穿衣速度是很快的，是破世界纪录的，可惜仔细一看，穿反了。

警报结束了，我们出来吃饭，吃完饭，电停了，网络信号也没有了。我们点上油灯和蜡烛。女儿拉起了小提琴，老婆在看手机，我和儿子拿出扑克打起了争上游。风暴停歇之后的时光，无比美好。

20日是星期一，我们听预报说龙卷风会再来。这次来的时间很不巧，是两三点钟，正是小孩放学回家的时候。不过我觉得应该没有问题，学校通常会有安全的地方掩藏小孩。开学时的手册里都说了，还叫我们不要打学校电话，以免占了线路无法应急。

坐在办公室，突然屋顶上噼里啪啦，又下冰雹了。到窗口一看，外面天很黑，如夜幕将至。

龙卷风警报再次响起，我们下了楼。两百米外的一幢房子，礼堂半地下半地上，是学校比较安全的藏身地，但我们已经无法过去。大雨如注，直直地泼下来，过一会儿风来了，雨又开始斜飞。我们于是藏到图书馆里安全的地方。图书馆工作人员非常负责，到三个楼层四处寻找，让还没有走的人集中到下面来。

打电话给女儿，却吃惊地发现，她在返家的校车上。我对学校的做法有些生气，为什么这种时候让孩子在路上呢？后来我发现，由于龙卷风在俄克拉荷马城南边，我们在北边，学校觉得风险不大，让校车送孩子回家的。人在路上，我还是担心，也不管别的了，提前从单位回家。

路上收音机里预报员在说，摩尔镇的龙卷风已经刮倒了一个购物城，龙卷风直径已经有 1.5 英里，在摩尔慢慢扫过。预报员叫商场和附近的人不要再犹豫了不要再等候，必须立即采取行动，到地下掩体去。他甚至说藏衣橱、浴缸都不起作用了。他这种警告，想必也挽救了不少人的性命。

回到家，看到女儿已经到家，我才松了口气。还没坐多久，警报响了起来，我们钻到了地下掩体。警报结束，我赶紧到儿子学校，把他也接回家。我们打开电视，看这个恐怖的龙卷风，如何横扫摩尔。1999 年摩尔镇曾经遇到过一次龙卷风袭击，伤亡惨重。那次龙卷风，使得美国的气象部门重新更新了龙卷风级别，创造了“五级”这个新的级别来。在俄克拉荷马待久了，我也知道了龙卷风的很多造型，有的是漏斗型，接触地面的部分很小，如针划过；有的是“象鼻型”，顾名思义，形状如象鼻。19 日袭击鲁肃镇的便是这种奇特的象鼻型。龙卷风携带着很多冰雹砸了下来，然后风又把这些冰雹一起卷了上去。

这次龙卷风很宽，直径为 1.3 英里，如同一个巨大的钉耙一样在地上划，而且到了一个地方不是卷了就走，而是那种叫“磨子”的龙卷风，在同一个地方原地踏步揉捏很久。经行之处，房子树木全被荡平。搜救行动迅速展开，但是各地着急而热心的人们却无法过去，因为电视上警方已经宣布不许过来，以免搜救行动无法展开。电视台在直播着搜救行动、新的天气进展和各种各样的通知。

龙卷风从学校、医院、居民区划过，影响范围广大。画面上我们看到，刚从地下掩体里爬出来或是被人从废墟中拯救出来的人们，尤其是孩子，吓傻了，茫然地往北走着，很多人赤着脚，浑身泥浆，头顶上有钢灰色的险恶的云。身后是他们曾经的家园，已经如同战后的废墟。

摩尔城发生特大龙卷风灾害之后，我很快在博客上发布了我们平安的消息。我还打了个电话给家里。过去每次美国遇到灾害，不管发生在哪里，我老母亲都担心我有没有事。我每次都说平安，离我们远着呢。这次倒是真的很近。

除了NBA的雷霆队，俄克拉荷马是一个国内知道得不多的地方。我从网上看到，龙卷风发生后，有俄亥俄的中国朋友收到了慰问来信。这次龙卷风由于损失惨重，从教皇、联合国秘书长到奥巴马，全关注了起来。俄克拉荷马因为灾害天气，一下子成了全世界关注的焦点。

为什么俄克拉荷马龙卷风频发呢？春夏之间，北方的冷气流南下，墨西哥湾的暖气流北上；往东，东部有阿巴拉契山系、阿利根尼山系；往西，西部有落基山系。两山系均从南到北，致使强气流无法西移东扩，这些南北向山系把中南部的大平原夹在中间，如一上宽下窄的漏斗。南北气流在此相遇，热气上升，如天地交欢，风雨大作，加上德克萨斯、俄克拉荷马、堪萨斯等地地势平坦，风力很大，雷雨和狂风搅拌起来，极易形成龙卷风。

此次龙卷风直径1.3英里，行程17英里，接触地面四十分钟。考虑到其席卷范围之广和停留时间之久，若是在别的地方，死伤可能会成千上万。这里大部分房子是木框架结构，倒掉被压死的情况还是有限。另外，气象直升机一直在天上飞，精确地播报龙卷风的走向。最为重要的是，大部分俄克拉荷马人训练有素，来了知道怎么躲。很多人家里有掩体，掩体有经纬度，经纬度在市政管理部门有档案。即便房屋倒塌面目全非，还可按卫星定位找人。

这次受袭地区，最可怜的是两所学校。这里居然没有能容纳所有学生的掩体，老师和孩子们知道龙卷风来了，却无处躲藏，只能躲在远离门和玻璃窗的学校过道和厕所里。俄克拉荷马人已经发起了请愿活动，要求州长在所有学校安装安全掩体。与此同时，一些“人体掩体”的英雄行为陆续被报道：龙卷风来时，有一位老师像一只护小鸡的老母鸡一样，在厕所里把五六个孩子护在自己身下。

龙卷风之后，只要人没事，一切都可以重建。只是重建之后，家已经不是过去的家。一些个人物品，如相片，被龙卷风卷出了几十里外，可能已经无法恢复，除非这些照片是数字的，放在被称作云存储的网络空间。我们个人的记忆，最好保存何处呢？答案可能在“云”中。

俄克拉荷马天气恶劣，不过大部分居民安土重迁。安妮·普鲁曾在小说《老谋深算》中描述：“我能看出土地被永无止境地使用着，践踏着，草根扎了下去，水牛的蹄子在上面践踏，古老的火鸡在上面刨食，家马野马在上面奔跑，包着铁的轮子在上面轧，犁在上面划，耙在上面压，冰雹在上面砸，大批牛群在上面走；这里钻头钻过，推土机推过，化学品泛滥过。余下的，不过是一片贫瘠的、中性的土地，那浅褐色的土勉强可用。现在，只有这片形同鬼蜮的土地，短暂而又顽强。”

这种顽强可能是很多其他地方的人无法理解的。龙卷风之后，摩尔小镇面临重建。大部分人还会在摩尔镇居住。可能大家对此会感到不解。既然在“龙卷风走廊”上，为什么不生态移民，去别的地方呢？

这有多方面原因。最主要的可能是信仰原因。在这个大部分人是基督徒的南部州，很多人有一种听天由命的心态。这种心态我们或许觉得消极，不过经历过龙卷风的人，都不再有“人定胜天”这种自负心理，反而发现自己实在太渺小，人在自然面前开始谦卑，这种谦卑能产生一种别样的释然。

龙卷风快到眼前的时候，我们学校一个校友杰森·莱吉把家人送入地下掩体，自己成了个“追风人”拍摄龙卷风，到了最后才进去。一家人从掩体出来的时候，发现家已经被夷为平地，杰森用非常平静的声音说：“赏赐的是耶和华，收取的也是耶和华。”这话来自旧约上的《约伯记》第一章二十一节。约伯也是《圣经》中一个历经劫难而信心不改的悲剧英雄。这里的人，我估计就是末日的景象在眼前了，他们也会拿出手机拍摄下来，然后淡定地面对自己的命运。

这里很少有人为了躲藏而重新选择家乡。他们知道这做法也是靠不住的。西岸有地震，东岸有飓风，北边冬季漫长而难熬……各地都有危险，选择逃避自然灾害，用这边人常说的话，不过是选择不一样的毒药而已。

这种顽强甚至可能转化为执拗。有些居民家被龙卷风摧毁了两次：第一次摧毁，重建，这次又被摧毁。龙卷风经行处，包括附近，大部分人的房子要不被完全摧毁，要不面临严重损失。但是大部分人家房子都有保险。保险公司会给出相应赔偿。只不过保险公司由于损失惨重，明年续约的时候，我们的保险可能都要暴涨。

不过这已经是很小的问题了。

想到那些上学之后就再也不能回家的孩子，我们的平安已经是一种极大的祝福，岂可视作等闲？

震惊世界的龙卷风灾害后，美国联邦和州政府都积极参与了救灾行动。这种行动的具体表现我一时还无法看到，唯一能看到的行动是州长让各地学校下了半旗致哀。身处俄克拉荷马，至少在目前，我看到的更多是民间社会的强大活力。

首先，各媒体的报道，在这无序的灾难中产生了秩序。本州电视台连续二十四小时报道受灾情况和各种通知，使得人们知道到底在发生什么，该怎样或者不该怎样帮助。在搜救时，电视台就采访当地警长，警长告诫人们不要前往，以保证搜救的道路畅通。后来，电台又告诉大家信号塔故障，除了紧急情况外，周边地区大家应该多用短信而非通话联系。媒体一再称现场的混乱，但是在这种担忧之后，我发现救援行动还是很高效的。各地警车、救护车迅速调集。接着我们又看到了国民警卫队参与了救援行动。军队利用专业设备迅速开展搜救工作，在天黑之后，仍从废墟中救出了一百多人。这次龙卷风级别为5，是灾害程度最高的，直接袭击了人口密集的居民区和学校。至截稿时为止，死亡人数为二十四人。这是一个非常大的悲剧，但若应对不力，可能后果更为严重。

龙卷风之后，赈灾的渠道很畅通。教会系统在这种赈灾过程中发挥了巨大作用。不少教会迅速成为灾民和救灾物资的安置点。小一点的教会在收集救灾物资，也不计功劳和名声，送往有能力派送的大教会进行转送。大部分教会迅速集结力量，开始筹备灾后志愿帮忙活动，一旦时机成熟，会迅速展开行动。

红十字会在收集救灾物资和现场救援、安置方面，起到了极其关键的作用。除了可以直接派送物资和金钱支援外，红十字会还有庞大的志愿者网络可以调用。这是个很好的渠道，它们的赈灾手段毕竟专业一些，能发挥个人不能发挥的作用。到底需要什么东西不需要什么东西，人们能从红十字会网站、社交网络等多种渠道上，找到具体清单。

各地学校也在积极参与赈灾。龙卷风结束之后，我们学校召开了一次会议，为受难者默哀、祈祷，并清点校友和学生家中的受灾情况，主动联络校友和学生，给他们提供住宿。而离摩尔镇不远处的诺曼镇上的俄克拉荷马大学，也趁暑假空档，提供学生宿舍安置灾民。灾后安置将是一个漫长的过程，以后需要的帮助还会很多。很多组织开始前瞻性地考虑如何支援。例如，俄克拉荷马中部大学规定，如果教职工灾后去参与重建，可享受两天的带薪休假。而今很多学校组织，强调社区参与的重要性，亦即所谓“学术袍和小镇”（gown and town）的结合。这种灾后重建，便是这种精神的一种体现。

救灾中，我还看到其他形形色色的组织在行动。平时收集旧货旧衣义卖的慈善商店，如“好愿”（Good Will），设置多个物品发放点，帮助一切都被风卷走的灾民。连我们的牙医，因为要去灾区救援，也发信给所有以前的病人，帮助收集救灾物资带往赈灾一线。童子军组织，也号召其成员发动捐助和帮忙。

此次风灾，离中国四川芦山地震时间不久，我不由自主地联想到上次地震赈灾中的种种争吵和质疑来。有的人由于不相信慈善组织，自己前往一线赈灾，有的人则在后方对其质疑。本可成为救灾主要渠道的红十字会，也因丑闻缠身，丧失了信誉，让人感觉痛心。受此影响，我对救灾程序和组织的可信度和效率问题十分敏感。我注意到，俄克拉荷马大难临头的时候，没有人质疑任何一个组织的可信度。我们这里有卢旺达学生，不知道如何帮忙，直接送钱到国际留学生中心让其去转。这种信任和爱心，使得各地的救援，能顺利而有效地送达。这种效率在灾难面前非常可贵，因为这关系到很多人的安危。

中国的民间组织还很脆弱。在灾难之前种种质疑，使得救助的渠道堵塞。能否恢复信任，首先要靠慈善组织洁身自好，走出信任危机。二要靠民众主动增加信任和效率意识。大家不要因为一次两次吃亏上当，就觉得自己有理由冷漠，以冷眼旁观、冷嘲热讽为唯一姿态，失却了原有的爱心。要不我们去选择扶持、支持其他有前途的慈善组织，要不对现有组织加强问责，让其提高可信度和效率。总之，我还希望救助的平台和网络成熟一些，这样遇到灾难就能够有效地传送爱心和帮助。

理赔记

千里家书只为墙，让他三尺又何妨。万里长城今尚在，不见当年秦始皇。

——清代文华殿大学士、礼部尚书张英

2014 年 6 月 22 日，德州冷空气和热空气在上空相逢，阴阳交合，冰雹从空旷的北边斜斜地砸过来。那砰砰砰的声音，在室内听起来，仿佛是置身陨星雨中。别的不好说，屋顶一定遭殃了。报给保险公司数日之后，保险公司派理赔师过来估算损失。

老兄专门从达拉斯赶来，一天之内检查很多屋顶，所以闲话不多说，端把梯子上了房，用卷尺哗啦哗啦各个方向测量，最终决定，屋顶应全部更换。从屋顶上下来之后，他又绕屋子四周认真检查，发现了很多我根本没有在意的损失，包括窗纱被冰雹砸了一点点，草坪上景观灯被砸烂。

接着他又看我的小工具棚，说顶上也砸了，我端把梯子一看，发现上面是砸了个洞，他很爽快地决定，也给我赔。这保险公司像秋风扫落叶一样严格要求自己，检查的时候我看到的看不到的，都没有逃过他的法眼。估计是尽量一次到位地全给检查到，以防日后扯皮，增加运营成本。

理赔的文书全部寄来之后，工具棚子给我赔了七百多块。我很高兴，决定换个新的。我现在的小棚子太矮，我每次进去都碰头，导致智商下降，比如近来我就很少写文章。当然这也可能是用微博微信太多了。

冰雹之后，很多人家被砸的包括屋顶、玻璃窗、工具棚等等。但美国毕竟分工明确，修屋顶的人有的只管修屋顶，修水槽的管修水槽，这样的话，保险公司有时候要和多家承包商打交道，增加了他们的成本。为了鼓励客户找一个总承包商，保险公司会给一些总承包商多赔一些钱，作为管理成本，这样一来，他们等于把和多家承包商打交道的麻烦，转交给了总承包商。给我们修屋顶的公司就是一总承包商，老板姓“现金”（Cash）。名字挺俗，人很友善。他决定给我们修理所有的东西。不过说工具棚给我赔的少了。我想怎么少，就砸一个洞，我弄一胶布贴上去也就完了，赔我七百多不错了。他说：“你的老工具棚得拆吧？废铁得拉走吧？这人工多少钱？新买的棚子你得装吧，装的人工得多少钱？”我要是知道，还来找他？他说他上次装这种棚子，三个人一起，几乎花了一整天。“你都想象不出这上面有多少螺丝。”

我于是让他去解决这个问题，给保险公司重新报价。现金先生给保险公司报价一千八百美元。理赔师傅回信说，不知道这一千八百美元从哪里来的，他要求修屋顶的公司给个具体名目。现金先生接活忙得不可开交，拖着一直没去跟进。我只好自己到处询价。跑到 Lowes 一看，发现和我以前一样的工具棚才三百多。我以为是我看错了，便去问销售人员怎么这么便宜，是不是被冰雹砸坏的次品？对方说不是，就这价格。这棚子 Lowes 不负责安装，我得自己去安装。

为什么原价两三百的棚子，保险公司陪我七八百，而承包商说需要一千八百呢？我后来想，这中间的奥妙就是人工。因为我们的保险，买的那种险种，是替换赔偿（replacement cost），亦即被毁坏的财物替换的所有成本，包括人工。我们第一次买房屋保险，贪图便宜，买的是赔付折旧赔偿（cash value）的保险，结果屋顶被砸坏，保险公司只赔折旧价格，其余的部分自己掏腰包。而 replacement value 的赔付，就是给我换新的。我可以买一个两三百的棚子回家自己装，但是自己装的人工我不好算钱，我一个人也装不起来，还得请人。

我把现金先生约到我们家讨论工具棚的事。他似乎不大愿意装这种铁皮棚子。来的时候他的领口敞开着，一簇簇胸毛脱颖而出。这个季节他跑来跑去，忙得不修边幅。钱估计赚了不少，虽然和马云没法比，但在我们这小地方，也可以说是土豪了。他说每次冰雹一砸，这地方的屋顶公司要忙两年。中国人说“塞翁失马焉知非福”，英谚云“每一朵乌云都有一道银边”。每次自然灾害（比如俄克拉荷马龙卷风），总会带来很多不幸，但是也会拉动本地经济。拆迁的，建筑的，卖玻璃的，甚至卖油漆的，都会发财。

在Lowes询价后，没找到合适的，我于是前往家得宝商场。前往家得宝商场的路上，我看到高速公路边有活动房，好奇之下，我停下车来看了看。这时候一个活动房门开了，走出来一个人，自我介绍说姓鲁滨逊。他问怎样可以帮我。此人秃顶，中年，嘴上有黄胡子，貌不惊人，我根本没想到会在他这里购买，我都怀疑他到底会不会有生意，在这样一个荒唐的高速公路边上的地方。我后来了解到，他原来是电台主持人，但电台主持工资不高，他辞职卖活动房了。

不知怎的，我对他的工作充满同情。可是鲁滨逊似乎根本不在乎我的表情，而是把我带进活动房子里，告诉我这房子价格虽然比竞争对手贵一些，但是地板做了防虫处理，角落三层木板加厚，外面铁皮是优质加厚铁皮，这种活动房买下来之后，可使用四十年。他问我贵庚。我说四十二。他说那么这活动房可以用到我八十二岁。然后他把我带到他办公室——办公室也在一活动房里，拿出一张选购的单子，上面从工作台、抽水马桶到空调一应俱全。他一项一项问我。然后在图纸上给我画画。我这时候才发现鲁滨逊是个挺不错的推销员。他似乎压根儿没管我买不买，而只是一项一项地完成他的任务，其余的事情听天由命。有时候卖东西你只能这样，不能太脆弱，太在乎他人脸色，否则没法活。

他说这段时期有五百块钱的折扣，可用来添加新的东西，我首先想到的是增加一扇窗户。因为以前我的铁皮屋没有窗户，里面黑乎乎的，我每次进去，不知怎的，都想到鲁迅的《呐喊》和《狂人日记》。我又想到增加一个工作台，可以用来做一些木工活——这也是一美国梦嘛。很多美国男人平时没什么事情干，就在自己车库里做木工活。后来凳子桌子都打齐了，没东西可打了，怎么办，就做鸭，做木头鸭子，摆门口做装饰。我还要求通电，装几个插头，还装个灯。后来想想这还不够，应该再装一电扇。他说可以，他们有电工可以把电线装好的，但是不会连到主屋上，而是在活动房外放一活动插座，我要用电的时候，自己把接线板拉过来就可以。这种活动插座，叫"猪尾巴"。

鲁滨逊给我加上这些项目，加在一起，最后的价格，是比原造价多五百二十元，但因五百块钱折扣，等于只是在原价上增加了二十块钱。全部报价是两千多一点，比现金先生给我的报价还高。我估计有了这几个报价，可能保险公司最终会选择现金先生的报价，然后我自己掏几百块。我自己到时候再确认一下。

鲁滨逊接着跟我说到了他的工作。他带着一种极大的热忱，跟我说他如何善待送货的卡车司机，比如他办公室小碗里装的糖果也一样给卡车司机吃，好像这不是什么万圣节他孙子剩下来的糖果，而是太上老君的仙丹。

听他说到卡车司机，我愣了一下，原来他是将装配好的小屋运到我家，而不是在现场装配。我突然想到，我家院子并不是很大，他怎么进去呢？我让他用卫星地图调出我家的院子看了看。但是地图没有更新，没有显示出我后来种的树，还有从不结果的西红柿，以及千重塔。活动房是十英尺宽，我院子后的门必须比这还宽，卡车才能开进去。他说他晚上去我家看一下，看到底用什么解决方案。

傍晚我左等右等，此人都没有来，我都不知道他做的是什么生意。我打了几次电话，他说在处理文件。我去的时候看他那儿门可罗雀，哪里有那么多文件好处理？天黑的时候他终于来了，看到我院子里的布置，傻眼了，也不知如何处理，除非是让卡车从我新栽的树上压过去。后来我想到了一个办法，说不定可以从邻居家后院运过来，我把我和邻居家之间间隔的篱笆暂时拆卸掉就可以了。拆掉我都不知道能不能装回去，但只能走一步看一步，到美国来之后很多事情都是这样。

和邻居一商量，他们友善地答应了。

次日我给理赔的师傅写了封信，告诉他我面临的选择：自己买小铁皮屋子回来装，这样购买价格便宜，人工可能是三个人至少半天功，按照75×3×4的算法，人工也在九百左右。要么接受现金先生的一千八百元报价，让他来装小屋，因为我后来的询价，比这个价格更高。不知是我的说明信写得感人肺腑还是咋的，我明明是建议他给我一千八百就行了，他居然按照我自己后来跑去询价的结果，给我全赔了，我自己只掏了二十块钱。是的，我用二十块钱买了一活动房。咱们学英文搞文学翻译是千字人民币四十至八十元，可是文字真正的用途，体现在这种场合下的沟通。

下单后，活动房在工厂修建，一个月之后才好。在此期间，我就去拆旧的工具棚。果然，铁皮房全是螺丝钉铆在一起的，我单枪匹马，一个个下，下了半天。到处都是钉子，我的脚还被铁钉戳了一下，为此我还打了破伤风针。忙得要死，我终于明白为什么现金先生说要一千八百块钱才肯给我装。

拆下一堆铁皮之后，丢都没法丢。美国的废旧产品处理，还不能直接放街边等人来收，或是随便乱扔，这就是为什么有时候人们甚至给垃圾桶上锁的缘故。当然我们可以趁月黑风高的时候，随便丢在某空地上，但是这非好人所为。垃圾处理费用昂贵，就跟如今国际上谈论的碳排放一个道理。建筑垃圾，比如水泥，得拉到一个城外专门处理的地方。废铁呢？我上网查了一下，发现松树街有个金属处理中心。打电话过去，说收的。

可是我又没有卡车。信不信由你，我决定用我自己的车。

我像大力水手一样，把铁皮像折纸一样折了起来，有时候折不动，我就在上面跳跃，轰隆隆巨响，周围蚂蚁一定以为是天雷滚滚。家狗在院里转着圈狂奔，全都受惊了。

最后，我奇迹般地把所有铁皮装进了我小小的车子里。

金属处理中心在城北，我从来没有扔过废铁。不知道怎么弄，来之前说要过秤。我估计还存在一个回收费的问题。

车子在里面转了几趟，没找到磅秤。最后才发现，原来磅秤就在地下，他们要我把整个车子开进去，整个车子和废铁一起过秤，等废铁卸下来之后，空车再称，两者相减则是废铁重量。我怎么就没想到？曹冲称象白学了。

卸废铁的地方，我亲眼看到了现代工业文明的所有排泄物，山一样堆在一起，废冰箱，锅灶，床架子。不管它们经历过什么样的悲欢离合，如今都乱七八糟毫无价值地堆在那里，让人感觉到人生的虚无。一辆巨大的吊车在轰鸣，吊车臂前头是一根巨大铁针，在轰鸣声中扎向废铁，将其像一串串烧一样吊起来，砸向更高的地方。

一个黑人小伙子，稍微看了一下我车里的货，然后让我倒车，到一个小堆的废铝堆边，将部分材料卸下来。然后我又把车开到吊车附近，将其余的东西扔进废墟中。这个过程让人心惊肉跳，我的车停在吊车后，就好比一只老鼠蹲在一头大象后面一样。卸完之后，我迅速离开。称完空车，我去交钱，对方索要我的驾照，说是建立新账户。我有些纳闷，毕竟我不是天天来扔废铁。建完账户，对方数了八块五毛钱给我。原来他们不是收费处理垃圾，而是在购买废铁！

大约一个月之后，经一再催促，活动房终于建好了。我没有想到活动房的公司这么忙，我白同情鲁滨逊了。人家生意好得很。很多生意都这样，貌似不起眼，做下去，客户满意了，有了客源，就能管你吃香喝辣的。美国很注重扶持这种中小企业。他们是人们可以在任何一个地方安居乐业的保障。大企业不用你扶持，自己也会发展，雪中送炭好过锦上添花。

然后我开始拆卸篱笆。篱笆是用铁钉铆在铁柱子上的，铁柱子用水泥扎在地下，我卸下一个个的铆钉，终于将篱笆推开，然后用农村包围城市的方式，从水泥地四周挖坑，最后，一弯腰，一招鲁智深倒拔垂杨柳，把铁柱子连水泥底座一起拔起来。让其轰然倒下后，我嘴里哼着“力拔山兮气盖世”，慢慢将其拖走。

接着篱笆就可以挪动了，挪开篱笆，眼前是邻居家硕大的后院。邻居是一对老夫妻。上了年纪，怕吵，所以买房子后，很担心邻居吵，一吵他们就睡不安。睡不安就脾气暴躁。脾气暴躁夫妻就要争吵。夫妻争吵就要上火。上火就要生病。生病就要住院。住院了，儿子媳妇离婚后丢给他们养的孩子就没有人照看。没有人照看就会成为问题少年。于是，权衡利弊之后，他们索性把边上一块空地买了下来，免得被房产商或者市里买去，建新的房子。于是他家和我家之间，背靠背隔着这么一片缓冲地带。

第二天，运小屋的人就过来了。这是一平板车，上面架着十英尺长十英尺宽的小屋。我打开邻居家那一侧的篱笆门，这门的宽度，正好是卡车和小屋的宽度，所以那位满身刺青的红毛壮汉师傅，腾挪多次，才把卡车开进院子，然后他奇迹般地把车倒进我的更小的院子，再调整位置，神奇地把车倒在我要放置小屋的位置。然后这师傅又用滑轮和铁索，把小屋以一定角度放下去，又用千斤顶、滚筒，将小屋挪动到我所需的准确位置，这过程当中，壮汉师傅胆大而心细，稳妥地完成了任务，然后又同样神奇地把车从狭小的院子里开了出去。此人技艺极精湛，怪不得听人说卡车司机的年薪一般都超过十万，远高于小小白领阶层。可没金刚钻也揽不了瓷器活，人家也是有本事的。

卡车走后，篱笆还开着，小狗跑了出去，在这天然的公园里跑来跑去。接着，邻居家的孙子也跑过来了。这孩子叫海顿，是儿子同学，两人本来就喜欢相互串门，但是因为隔了一篱笆，每次从正门过去，都得绕一个街区，走路太远，每次都开车过去，开车路又太近。假如篱笆开一道门，就省了这些麻烦。问题是美国人相信有好篱笆才有好邻居，家家户户用各式各样栅栏隔着，近来均无串门传统。曾经有一天，我们邻居家的小孩敲门，问我们借个鸡蛋，我居然非常感动，因为这让我想起了童年。小时候我们离商店太远，邻里之间你借我一勺盐，我借你一瓣蒜的情形多了。商业生活的便利，使得邻居之间不再相互需要。而种种变态的传说和恐怖的故事，让大家相互防范，于是屋子和屋子之间有了篱笆、防盗门、警报系统——这一切未必都是在防邻居，而是防范坏人。可是坏人防不住，好人却隔了起来，比如两个小学的同学，没法在一起玩耍了，除非家长提前安排，用车接送。这样的预约玩耍，还有一专门的名词，叫 play date。

我问邻居家的主人可否考虑在篱笆上开一个门，让孩子们可以串串门。不然的话，男孩子成天在家玩乔布斯都不让孩子玩的 iPad，如何是好？堵是堵不住的，只能想办法吸引他们别的注意力。

邻居说，好啊！好主意！我没有想到她这么爽快地答应了。

问题是我不知道怎么在篱笆上安门，本想找人帮忙，后来又想，这又不是造火箭，也不至于那么精确，自己鼓捣鼓捣好了。

结果我边干边摸索边买材料，还真整了一个豆腐渣工程的小门来。我还在两边都装了锁，假如哪天邻居对我们烦了，可以随时上锁，我们这边也一样。

但是目前，这就是我们两户邻居之间的“六尺巷”。放学后，两个小朋友一起跑到大院里，在土堆上玩打仗，和狗一起奔跑，或是拿大剪刀剪荒草。一场冰雹，给他们的童年开了一扇新的大门。

而我有了一间新的工具棚，我后来又制作了一个锯木头的木马，打了一个板凳，开始学做木匠。做别的也可以，比如写作，翻译，发呆。这一切都归功于一场冰雹。这么长的文章多亏您看完，总不能让您空手回去，如果需要一中心思想的话，它就是：当生活给你一场冰雹的时候，或许也会给你砸开一扇门。

寻静记

一个人如果不能理解你的安静，也不会理解你的话语。

——美国作家爱尔伯特·胡伯特（Elbert Hubbard）

翻译需要几乎绝对的安静。对于我们这种业余做的人来说，这种安静并不好找。白天上班，工作和翻译毫无关系，私底下做一不敬业，二不现实。不管工作多么清闲，只要来个电话，隔壁同事的聊天，突然弹出的工作电子邮件，都会打断我们斟酌的思路，所以不可能去做翻译。

翻译和写作所需的安静，在家里也找不到。孩子们都是精力旺盛的年龄，几乎每几分钟就来打扰一下，或是有什么事情需要我去注意。没有办法，后来我只好利用家人出门参加各种活动、社区宴会的时间，见缝插针地做翻译。我不去参加华人社区几乎所有的活动。这不但让家人不满，也让周围人觉得我这人不合群。久而久之，大家有了自己的生活圈子，一个走向众声喧哗觥筹交错的现实生活，一个走向时空穿梭气象万千的寂寞文字世界。这都是性格使然，无法轻易改变。

没有哪一门翻译课的老师会告诉你这些生活的问题。老师们只关心教你学术层面的东西，一个未曾说出来的假设，是大家可以长时间坐在书斋里静悄悄地翻译，你有无限的空间和时间，无穷的精力和思路。如果有问题，应该是你外文不好，或是中文不好。这种真空环境下纯做学问式的翻译是不存在的。你万事俱备的时候，纷繁的生活在发生。

如果有人想做翻译的话，考虑的第一个问题，倒不是你在翻译上的水平如何长进，而是你要选取什么样的生活。如果你对于宁静的生活没有那种饥渴般的追求，你不能享受它，不去追逐它，你恐怕也很难去翻译大部头的著作。你得考虑，这样的安静，能否被你的家人接受、欣赏或支持。

我们小时候学英文，老师经常让我们辨析两个词，alone和lonely。alone是指你在独处，这种独处，如果是翻译中和大师对话，那么你就不lonely。反过来，和他人在一起，并非alone，但是什么样的凄凉，都比不上我们和他人在一起时由于无法理解或沟通而产生的孤独。这个世界上，大家只看到诗人的精彩、科学家的辉煌，但是往往想不起来他们那些抑郁、疯狂甚至开始酗酒成性的妻子。生活的质量和想象力有关。在一个人走入某个生活之前，他得有足够的脑筋，去想象未来生活的大致场景，闯进去了就接受，愿赌服输，然后才能设法改善。

既然单位没有余暇，家里缺乏宁静，我这十年的翻译，可谓想尽办法。早些年，身体尚可，我多半是在半夜，亦即家里人都入睡之后去翻译，要不就趁所有人都还没有起床的大清早。我很羡慕能专业做翻译或者写作的人，我们业余的，连路遥那点“早晨从中午开始”的奢侈都没有，只能两头挤压，榨出一点宁静的环境来。

去“第三处所”也是个好办法。随便去一个地方翻译也不行，毕竟有时候还要查资料。幸运的是，离我们大约十分钟车程的地方，有一个巴恩斯·诺贝尔书店（我喜欢称其为巴诺书店），书店里还有个星巴克咖啡屋，书店和咖啡屋里有无线网络。我们一家人有时候去泡这个书店。孩子们在书店的儿童部看书。这个做法有很多好处，一家人在这里都有事做。在书店或是隔壁咖啡馆里，也有人讲话的声音，但家里的任何声音都可能分散注意力；而在书店，周围都是无关的人，他们说什么我都听不进去，全都是背景音，对我几乎没有干扰。这让我明白了人可以大隐于市的奥秘。安静也是一种品质，是对周遭发生一切的无牵挂、无所谓，而不只是声音的缺失。

巴诺书店毕竟是书店，书店是要卖书的。和一个大型购物商场一样，这里面的布局经常在变，每几天换一次，仿佛书店中间有个轴心，书店每天绕着轴心在转。里面我坐着来翻译的沙发，也常挪地方，一会儿靠近畅销基督教图书，一会儿靠近名人传记，一会儿靠近青年奇幻文学，一抬头看到书架上到处都是吸血鬼。有时候根本没有沙发，只能席地而坐。

对于翻译来说，坐在地上的不便之处，是无法把原著放眼前对照。后来我想，如果有个电子版就好了，我统统在电脑上完成。我去向出版社打听有无电子版，但是出版社未必都能如愿以偿地拿到电子版。我曾经向有些尚在世的作者打听过，对方都很犹豫，害怕电子版本流出，无法向出版商交代。我后来也觉得这样索要不大妥当，让人家为难。

于是我另外想了个办法。好歹我白天的工作是做教育技术的，和技术多少有些关联，我能用技术手段解决这种问题。

我先去亚马逊书店买来图书的电子版。这种电子版是经过特殊处理，无法拷贝成文字的，我于是一页一页地截屏。然后我将这些截屏图片，在一个扫描软件中，扫描成可编辑的文字，我将这些文字导入 Word 文档里，保存成文本文件。然后导入谷歌翻译工具箱。这是一个类似于塔多斯的系统，而且是免费的。

这个平台也有不少毛病，比如汉语标点符号处理不好，不能随时添加专有名词的列表。最大的毛病，是我需要花不少时间，从 Kindle 的电子书上把文字截下来，要做很多格式修复，才能导入谷歌翻译工具箱。完成翻译之后，又要花费大量时间，修复格式，导出到 Word 文档里。这些过程非常乏味且耗时。要是每位译者都能配一个小秘，给我们准备好就好了。当然这是癞蛤蟆想吃天鹅肉，翻译本身几乎就是免费的。

即便有这些繁复的电子化工作，我还是非常欣赏谷歌翻译工具箱给我带来的安静。谷歌翻译工具箱相当于一个虚拟的译者桌面平台，能将原文和译文一左一右摆在你面前，让你一一对应、心无旁骛地去翻译。谷歌自身也会提供机器翻译的版本，但几乎无法使用，我主要是利用它的平台，捧着电脑在那里翻译。这个平台全屏显示的时候，可以屏蔽掉电脑中其他的东西，让你心思全花在翻译上，而不是中间去网上这里逛逛那里逛逛。而一个译者所需的辞典和词汇表，工具箱里也有，大体上可以在这个平台上安静地、不受打扰地工作很久。

除了周围环境的安静之外，电脑上的安静，也是我们需要追求的东西。高科技是一个好东西，不过Facebook、微博这些社交网络的网站，也如同海妖一样在歌唱，引诱在网上冲浪的写手们跳下水淹死。为了避免这些干扰，我后来还安装了Evernote的Clearly屏蔽软件，后来又花钱买了一个被诸多作者所用的屏蔽软件"自由网屏"（Freedom）。使用此软件，能在限定时间内，切断我们的网络，让我们的注意力集中在所做的事情上，不被干扰。这个软件，唯一的作用，就是把网络掐断，你让掐断多久它就掐多久。我刚买之后，大呼上当，说我自己把无线网信号切掉不就完了，为什么要花钱买这个？后来我才发现奥妙，我自己切掉的信号，自己还可以复原。该软件一旦启用，在限定的时间内，你是无法将网络信号恢复的。如果你设定工作两个小时，这两个小时内你哪怕改变主意了也不行——它就是怕你自制力不强，还是要去上网呢。用了这软件，等于是把自己绑在了桅杆上，听海妖的歌唱。最终你利用科技手段，把事情做完了，但是没有受到科技的干扰。

就这样，我在书店里完成了几本书的翻译。只不过后来汽油价格节节上升，经济上承受不了，我于是又试图把院子里一间工具棚改造成第二书房。我自己去家得宝商场，买了一些木头，自己搭了个架子，把锄头、斧头等工具全部架了起来，腾出了一些地方，可以放个简易的书桌。后来我又跑了很多趟家得宝商场，去买砖。从后门口到这个小书屋，我铺了一条砖路。一身灰尘搬着砖块的时候我在想，我这是要搞翻译写作呢，还是在搞装修？

好了，终于把路修到工具棚了。那里除了桌子凳子，什么都没有，需要安静的时候我就跑过去。工具棚也没上锁，有天早晨我过去，发现里头湿漉漉的颇有些骚气，可能是某个夜行动物到此一游留下的，倒是十分符合我们这些墨客骚人的气质。有一天晚上，我跑进去把灯打开，发现一只鸟儿在惊慌失措地乱飞乱撞，对于我侵占地盘，显然表示出了极大的愤慨，并留下一团鸟粪，以示严正抗议。这工具棚是前任屋主留下来的。在小鸟看来，自古以来就是它的神圣领土。但是房子后来被我买了下来，那么物权又归我，所以我和它之间，发生了这种主权的争议。有两只知更鸟根本不管这些，索性住进来，静静地栖息在门上方的塑料格子里，头对着里面睡觉，尾巴对着我。

动物界似乎开了次什么大会，要集体驱逐我出去。入夏后，蚊子虫子越来越多，咬得让人无法忍受。我想我这是翻译，不是跟谁玩苦肉计。

没有办法，我只得另择地方。

后来，因为龙卷风的缘故，我们安装了龙卷风掩体。这个掩体装在车库地下，是一个大铁柜子，能面对面坐下六七个人。我们学校一个教授姓 Steele，与钢铁（steel）同音，我跟他开玩笑说，能否出钱赞助一下，我会将我家龙卷风掩体（钢板做的）冠名为 Steele Center for Underground Writing and Translation（斯蒂尔地下写作和翻译中心）。有风时候躲风，没风时候钻下去写写译译。

为了找点安静的翻译乐土，可谓上天入地。再这么折腾下去，要上树了。不过人算不如天算，这一切都弄好之后，我眼睛坏了，晚上看电脑感觉眼花。我不明白是怎么回事，是不是提前老花了，于是跑去买了一副老花眼镜。我本来是近视，这老花眼镜我只得架在近视眼镜之上，叠床架屋，造型相当别致，不过无助于更清楚地看电脑。于是跑去看医生，他说是眼睛疲劳。我估计都是多年翻译、写作，积劳成眼疾了。我终于下狠心决定歇手不译。再有人找我都推掉。有趣的是，偏偏在我决定罢手的时候，找我翻译的人络绎不绝，而且都是重磅作品，也只好忍痛割爱。

或许有一天，我的工作不再需要我白天用电脑。或许我不用维持一个“正式工作”，通过翻译和写作，也可养活一家，到那时候再干不迟。不过沉舟侧畔千帆过，翻译新人层出不穷，到时候也不会有人再来寻找一个老头子。我与读者，最终的结局是相忘于江湖。这也不用耿耿于怀，译者本来就是一个隐身人。

不过，倒觉得有必要，把我这些年来上天入地四处找静的经历记下来，对自己也算个交代。人能使出浑身的劲来，把一度喜爱的事情认真做好，对他人有一点好的影响，或是提供一些愉悦，那我们的一辈子，算没有白过。

育儿记

结婚之前，我有六种关于育儿的理论；现在我有六个孩子，一个理论也没了。

——英国诗人约翰·威尔莫特（John Wilmot）

筹款

美国公立学校上学不要钱，但经常发动筹款（fundraiser）。这种筹款，小孩子自己也可以发起，比如有个小孩很厉害，自己批发一批拖鞋，在家装饰些花朵啊什么的，然后转手去卖，居然能把华盛顿之行的所有路费凑齐。每一届学生中都有一些牛孩子，还有的在家烤巧克力蛋糕去卖，居然也能把去某个地方的旅费全部凑齐。

更多的筹款，是学校经过某个组织，集中让小孩子去卖各种东西，比如圣诞节的装饰、甜点等等。很多东西卖得很贵，比如一种面包，卖十五块钱一个，销售利润通常会有几成进入学校账户。这种筹款我觉得很烦。公立学校你已经有我房产税的钱在支撑了，干吗还要筹款？私立学校就更不应该了，你已经收费这么贵了。这事让一些待祖国如暖男的人知道，还不骂死！

当然，有些情况下，这种筹款是专款专用，比如毕业班去旅游的所需费用。倒也是羊毛出在羊身上。问题是筹款太多，使得生活无比复杂起来。学生们参加的课外活动项目，比如足球队、音乐班、跆拳道馆，也都有筹款活动。下半年，快靠近圣诞节的时候，各种筹款活动多如牛毛，加在一起，让人不堪重负。我天天收到各种各样的筹款来信，有的来自儿童医院，有的试图帮助兔唇儿童，有的针对乳腺癌患者，有的旨在帮助牺牲警察的遗孀，还有附近生态农场众筹，都是善事，但太多了毕竟有些应接不暇。有些是同事发起，有的还真狠，把自己关监狱一天，让大家“保释”他出来，所谓“保释金”当然是用作善款。这些活动，不参与也不大好，这是美式应酬，美式人情。

小孩这边的筹款，最后跟传销一样，不过是杀熟。小孩子卖来卖去，产品都卖给了邻居和爸爸妈妈的同事。比如我们单位，前几天隔壁同事的女儿跑来，拿来一本销售宣传册让我买东西，我不喜欢太甜的甜点，于是买了一个十五块钱的汤料。几个星期后，我订的货来了，汤料是用来做新奥尔良的什么 Cajun 食品的，材料我全没有。我也不知道这汤料到底怎么做，于是我突发奇想，煮了一锅粉丝，然后把汤料全倒了进去——后来我反思我的创意时，想起来这一定是受泡方便面的启发。孩子们吃起粉丝来，很纳闷，这种味道很别致，问我做的是什么，我说是“新奥尔良麻辣烫”。这新奥尔良麻辣烫后来我自己连吃了两天。

这还算好的，很多家长表示，她们出于面子在熟人孩子那里买的什么 fruit cupcake，很多都常年待在冰箱冷藏柜里。很多这些东西又贵又不好。我自己冰箱里还有一包面包、两大包饼干原材料，全是各种各样筹款活动中出于人情买的。

最近，我们两个小孩参加的少儿合唱团，给我发了两大塑料袋的爆米花，一共三十小包，让我们孩子去卖。我头痛得不得了，跟同事抱怨，说搞这些愚蠢的筹款到底干什么？除了折磨孩子和家长，到底能达到什么目的？

不少家长响应我的话，说她们对筹款深恶痛绝之。但是也有人非常善良，愿意帮我们一把，让我带办公室来。卖我新奥尔良麻辣烫底料的孩子的妈妈，买下了五包。又有一位老师，买了十包，好，这下只剩十五包了。我有一个同事说我应该积极看待销售的问题。他是小城狮子会的轮值主席，也曾是一个成功的销售人员。他说这种事情可以培养小孩的沟通、销售等多方面技能。

回家后，我让孩子们自己挨家挨户去卖。我儿子说让他去卖东西，他宁愿去弹钢琴。

女儿说这种筹款太愚蠢。我问她到底什么筹款方法不愚蠢。她说大家可以做饭请人来吃，然后卖票。她最近在学生会当差，和其他同学正在讨论筹款的问题。几个初中生的办法是什么产品都不卖。学校规定学生必须穿校服上学，老师不可以穿牛仔裤上班，否则便是违反规定。我女儿和班上同学的想法是跟校方商量一下，看能否花钱豁免，这就好比宗教改革前天主教廷卖"赎罪券"一样。她们卖的是概念，不是具体的产品。我在想，当年搞垮金融体系的人，也是这么想的。恐怕这帮小孩还没有意识到，如果连具体产品都不敢去销售，销售概念恐怕更为困难。

但是孩子们越是抗拒，我越是发觉有让他们去锻炼下的必要。我们同事说的还是有一定道理的，世界上任何事情，本质上说都是销售，只不过有的人销售的是产品，有的人销售的是理念。有的人向陌生的顾客销售厨房产品，有的人向老板销售对项目经营的思路。这种技能，不是说有些人可以有，一些人可以没有。连我们这些写文章的人，也得做销售，得找到合适的报纸杂志，得向编辑销售。《新概念英语》第二册上面有一篇文章，说连乞丐都是销售者，他销售的是尊严。

所以我想，作为一种体验，我得让孩子们去尝试。

下午女儿还没回来，我儿子自己开始去卖了。他拉上邻居家的小朋友海顿，带着他们的销售助理亦即我们的小狗，一起去卖。两小子卖了五包，然后兴高采烈地回来了，成就感使他完全忘记了他先前的抗拒。

女儿回家之后，我们三个人一起去上门推销。儿子说他已经卖了五包，现在轮到姐姐去敲门、说话了。

不过我发觉女孩子脸皮很薄，被人拒绝一次，立刻就打退堂鼓，当然嘴上并不认输，而是怪我天都快黑了带他们出来卖东西，责怪小区这些联体房的人可能没钱，等等。而儿子锲而不舍，被拒绝后也没受多大打击，因为他事先听我讲过，销售任何东西，肯定都有人买有人不买，不买，不一定说明你有什么问题，你不能往心里去。女儿逆反心理比较强，我说的她也不听，所以没有多少防备，稍微有人拒绝一下就吃不消。但是她后来可能自己也意识到了放弃不好，又鼓起勇气去尝试了，这让我非常感动。两个孩子都尝试了，都尽了力，天色已晚，于是我们鸣金收兵，我买下了没卖出去的几小包爆米花。

最后我发现，这种销售确实很锻炼小孩的心理素质，偶尔参加，能让孩子得到一些锻炼。只是我也觉得其作用也可能被高估，假如这类活动太多，背离了初衷，甚至本末倒置，也是罪过。

◆◆◆　◆◆◆　◆◆◆　◆◆◆　◆◆◆

美式孝心

星期五晚上去听了一场名叫“甜点和歌声”（Dessert with a song）的演出。来听演出的每家带个甜点，南瓜饼、苹果馅饼、巧克力蛋糕、燕麦饼干、干酪蛋糕、糖衣苹果……一长溜摆在几张拼起来的桌子上，桌子中间又拐了个弯，一路伸向门口。可以一进门就吃，一路拿到对面墙边。要是都尝一遍，估计现场就会得糖尿病。

大家吃着甜点，听着歌。组织者杰蕊教的是声乐，学生从六岁到八十六岁不等。这次演出的便是杰蕊的学生，还有她组织的“歌唱姐妹会”（Sisters in songs）。演出包括《歌剧院魅影》和《音乐之声》中的传统曲目，也包括一些赞美诗。

杰蕊和她的学生常去“不大听到歌声”的地方演出，如养老院。可能是这个缘故，第一支歌曲是音乐剧《芬妮》（*Fanny*）中的《对爸妈好点》。我没想到，这打头一支歌，居然是我女儿演唱的。我家丫头，平时嘴巴也够紧的，从没当我面唱过这歌。我看着节目单，心想丫头多孝顺啊，给爸爸一个惊喜，用歌声抒发她对于父母的热爱，我差点热泪盈眶了。

但是她一唱，我差点跳了起来。

歌词大意是（我按照音节翻译，以便大家也可演唱）：

善待 / 你爸你妈 / 尽管 / 他们不配 / 要记住 / 成年阶段 /

也自有一番 / 苦烦

Be kind/To your parents/Though they/Don't deserve it/Remember/They're grown ups/A difficult stage/Of life

每一天 / 历经风浪 / 或把纷争担当 / 叫他们 / 神经兮兮、亢奋 / 又迷惘

They're apt/To be nervous/And overexcited/Confused/From the daily storm/And strife

可别见怪 / 也莫遗忘 / 如今 / 的爸妈 / 从前 / 也做过小孩 / 和你一样

Just keep in mind/Though it sounds odd/I know/Those parents/Once were/Children long ago/Incredible

耐心点 / 对待爸妈 / 多些善解体谅 / 别管 / 他们曾经的 / 荒唐

So treat them/With patience/And kind understanding/In spite/Of the foolish things/They do

以后 / 一觉醒来 / 你们 / 也会熬成爸妈

Some day/You may wake up/And find/You're a parent too

总之，孝心大放送是完蛋了，这歌作为豆瓣“父母皆祸害”小组的组歌还差不多。这些歌曲要是去老人院献演，老人会是什么反应呢？我看到这次演出现场，观众多半乐呵呵的。老人抿着嘴，和老伴对视一笑，末了起劲鼓掌。

美国家庭关系相对轻松，相互开涮的情形不少见。中国孝心的内涵是牺牲、奉献，这些是好品德。不过，美德美德，最好是赠人玫瑰，手有余香。老强调我把玫瑰给了你，把刺留给自己，就太沉重。失去了相互欣赏、取悦和爱，德就不是美德。若道德绑架，那简直就是难看的丑德了。歌中唱的“善待父母”，寓庄于谐，不失爱意。

同样，也有不少美国父母拿子女开玩笑。丫头刚出生的时候，我们还在上海，西雅图同学特意给我买了一本笑星、教育家比尔·考斯比（Bill Cosby）的《为人父》（*Fatherhood*），整本书拿自己的儿女打趣。考斯比嫌这样不过瘾，开始数落考斯比太太，说权力导致腐败，考太权倾一时，属腐败分子。受他影响，我现在一直叫我老婆“腐败分子”。

咱中国人好面子，家庭关系是敏感话题，通常不与外人道。不过记住，有矛盾和冲突，说明我们是鲜活的人。敢拿出来自嘲或者打趣，一笑了之，实为豁达自信。就怕说不得碰不得，非要跟人强颜欢笑“秀”恩爱“秀”成功——外头一张皮张得很大很风光，里头铆足了劲在死撑，没准撑着撑着就崩了。

◆◆◆　◆◆◆　◆◆◆　◆◆◆　◆◆◆

写诗

每年高考的作文题，常看到的限制，一为字数，二为诗歌体裁。为什么什么体裁都可以用，唯独诗歌不行呢？或许这么做有操作上的苦衷，但毕竟高考是一指挥棒，这么一限制，中小学诗歌写作的教学化为乌有。

在美国中小学，诗歌教学就是正常教学的一部分。诗歌主观性强，发挥余地大。如何教呢？我看他们的教法和宋人填词差不多，亦即限定格律和韵脚，让学生在一定规则之内去写。这种模板（template）类似我们说的词牌。

我女儿作业中的一种“词牌”，应为我们说的咏物诗，一共五行：第一行是一个名词，第二行为两个描述该名词性质的形容词，第三行为三个描述动作的动词进行时，第四行复写动作，但用的是一般现在时，最后一行是单一名词。还有别的“词牌”，是作抒情诗。

或许大家觉得这样写诗太机械。不过没有规矩难成方圆。再者，对于中小学生来说，这种格式就如同脚手架一样，让孩子们敢于踩着上去建设。由于格式固定，这写诗的作业一开始看是一种文字游戏，但是发挥的空间还是很大的，不知不觉就让孩子过渡到创意写作了。“诗”这个字很是吓人，有的孩子可能句子都写不全，更别说写诗。鉴于有些学生对诗望而生畏，老师嘱咐家长参与修改，并签字确认。这个作业要求，让我想起了韩寒代笔的风波来。从教育上说，假如我们不去追求天才这种传说而去强调后天培育，假如我们鼓励家长参与孩子的学习，或许关于韩寒的争辩都不存在。

信息时代有消费生产者（produsumer）一说，指网民既消费又生产的特性。借用这个说法的话，美国这种诗歌教学也是“消费”与“生产”并重的做法。老师布置的阅读作业，就包括诗歌阅读。阅读之后，学生还要拿出自己的习作。多读一些写起来更有感觉，多写一点能帮人更好地读。我们上中小学时常听老师提起“熟读唐诗三百首，不会吟诗也会吟”，但实际上，是消费古人成品为主，产量几近于无。我回想了一下，我读书时候，从来没有一个老师教我们写诗。

可我们过去是诗歌的国度，中国古诗曾经滋养了庞德这样的诗人。日本的文化输出就比我们成功得多。记得孩子上五年级的时候，作业之一就是写俳句。这种分三行、分别为五七五个音节的日本短诗格式引进之后，在美国也颇风行。

最近几年，俄克拉荷马大学设立了一个纽曼青年诗人奖，所用格式是中国五言绝句。该奖要求学生用二十个单音节英文单词写，分四行，每行五个词，韵脚为 aaba。此奖可能是想把五言绝句推广开来，值得肯定。由于格式固定，而且明说是针对学校学生，我也让两个孩子当玩游戏一样去写。虽然用中文标准去看可能稚嫩，但毕竟是汉诗英作，读来别有趣味。

这是我女儿写的黑熊钓鱼诗：

Bear Fishing

(By Faith Fang)

Pale moon grey clouds night
Cool breeze stars shine bright
Clear stream fish leaps high
Black paws splash dim light

我儿子一直想让我给他买只宠物猪，结果把猪写进了诗里：

A Pet Pig

(By Frank Fang)

Rolls in warm fresh mud
Rises, eats a rose bud
Walks to big brown pen
Falls down with a thud

◆◆◆ ◆◆◆ ◆◆◆ ◆◆◆ ◆◆◆

代父从文

上午上班时，突然有人打来电话，问我是不是某某的父亲。我心一沉，不知是不是她生病了。这几天学校病毒传播很厉害，上个星期，儿子发烧咳嗽，上吐下泻，刚刚才好。

结果是一场虚惊加一个惊喜。原来是一家机构，通知我女儿得了一个竞赛作文奖。对方说是五六年级组的第二名。我问是不是俄克拉荷马州的什么比赛，对方说，不，比赛面向全国，有二十多个州的学生发来参赛的稿件，评委隐去姓名，集中评奖，各年龄段分别选出三名学生。这真是有心栽花花不开，无心插柳柳成荫。女儿花了很多钱学音乐，写作方面，除了偶尔写写日记，没见她额外花功夫，却意外得了个奖。

几周前，她写了一篇关于反对欺负人的文章，说是作业，也是她英文老师组织参加的一次竞赛，还要我们家长签字，同意学校让其参赛。文章写的是一个小孩子 Timmy 受大孩子欺负，“我”看到了，却不敢制止。“我”去告诉了 Timmy 的姐姐 Sally。Sally 跑上前，当场止住了欺凌。

女儿爱书如命，尤其爱看小说。她妈妈有时候怕她近视加重，看书时甚至劝阻。她把厕所的一个柜子，变作秘密藏书处，经常躲里面半天不出来，在里头看书。小说看得多，对细节描写有所训练。文中小男孩被姐姐 Sally 拖走后，还一直跟在她后面叽里咕噜。Sally 经常发呆在想东西，“我”过去打招呼的时候，要用手在其面前晃动一下。这些细节形象生动。

那位通知的老师后来给我发来邮件，说十二月初颁奖，颁奖是在州司法大楼，颁奖人是大法官泰勒（Steven Taylor）。从其信件中我也发现，这是俄克拉荷马大爆炸纪念馆举办的年度竞赛。今年比赛的主题是：“［遇到不公现象］说出来，采取正确行动，发挥影响，让你的声音被人听见！”（Speak out, do the right thing & make a difference! Let your voice be heard!）这个可能有点啰唆，意译为：路见不平一声吼，该出手时就出手。颁奖典礼上我们作为父母也被邀请过去。她还会得到七十五块钱的奖金。我说我再出二十五块钱，凑个一百块。

在美国，很多教会牧师在一个地方做了几年之后，话题就开始重复，于是换个教会再讲。我写专栏也有段日子了，有时候思维枯绝。人家花木兰代父从军，我家闺女为何不能代父从文？

只可惜中文学校一周只上一次课，照此进度，到本世纪中叶才能实现这个宏大目标了。大家还只能安分守己，各爬各的格子。

◆◆◆　◆◆◆　◆◆◆　◆◆◆　◆◆◆

隐私

前几天我女儿郑重地告诉我，不要在我的文章里写她。她的中文读写方面受到的训练有限，看不懂我写的东西。我好奇她是怎么知道的。

原来，静雅思听公司曾经把我的一些文章录制成了音频，我回去的时候，静雅思听专门给我制作了一些“珍藏版非卖品”的CD，给了我好几张。我送了一张给我老婆。这些音频的朗读者很专业，普通话和我不是一个级别的，所以我想能不能通过这种优美的声音，改变一下我在家庭内部的形象。

为什么需要这样，这个问题说来话长。前不久看到一本书上介绍，婚姻里有四大杀手，第一是defensiveness，亦即自我防卫意识太强，痛点太多，说不得讲不得；二是stonewalling，亦即说了白说，对方根本不理睬；三是criticism，亦即左挑鼻子右挑眼；最后是轻视contempt。套用我们武林的话来说，前面两个问题是过度防卫问题，分别是铁布衫和金钟罩，虽少受打击却也让你贴身不得，无从亲近；后面两个则是攻击问题，如利箭穿革，千斤压顶。

专家发现，这些问题前面三个都好解决，最怕是轻视，轻视是发自内心的，有了这种轻视，什么别的问题都可能产生。如果你不在“灵魂深处闹革命”，发自内心地尊重自己的配偶，别的花招都不管用。但轻视却也是最容易犯的毛病。熟悉的人反倒最容易轻视我们，正所谓“熟悉生蔑视”（Familiarity breeds contempt）。不要说我们这些小民，就是先知也是这苦命：“没有先知在自己家乡被人悦纳的。”（《路加福音》4:24）

所以那CD，我本意是让号称不看本人文章的某人听听，多一些尊重，少一些这种先知现象。不料有心栽花花不开，倒给女儿听到了。平时看我博客，她还看不懂，但是这CD一放，她全听懂了，很不高兴，问我为什么写她？说这是她的生活，她的隐私，我无权去写。这个思维很“美国”，但是恐怕也有一定普遍性。

孩子日渐长大，自主权意识越来越强，他们渐渐不需要我们再去代言或者说话。我们觉得很值得赞扬的事情，他们或许会觉得难堪。这也不是逆反，只不过是从孩童到成人的一种正常过渡，他们是越来越需要做独立的自己而已。所谓成长，不过是脱离他人的界定，寻找自己的身份、自己的定位、自己的角色的一个过程。以后我会少写他们，或者是征得他们的同意后我再写。

我遇到的，也是所有家长都会遇到的问题。现在大家可以把孩子成长的一点一滴，随手发到微博微信上，分享无处不在。不要怪我们做父母的多神经，实际的情况是，我们面对成长，内心被调取出来的生命，满得收纳不住，不由自主地喷涌而出了。

女儿刚刚出生的时候，世界上还没有网络2.0，只有网页和电子邮件。记得我还写了小文章，用很土的办法，用电子邮件发给同事朋友，强迫他们拜读。后来有了博客我如鱼得水，写了很多孩子成长和我作为一个父亲困惑的事，越写越多，最终开始写专栏写书了。是我的孩子造就了我。他们给我的馈赠远远多过我为他们的付出。事实上大部分家庭都是这样，别说什么养儿育女恩重如山之类的怪话，如果你不把儿女当负担。真实的情况是，孩子给我们的人生增加了活力，让我们再活了一次。

搬迁记

世界上最伟大的事不是我们站在哪里，而是搬向何方。

——美国诗人奥利弗·温德尔·霍姆斯（Oliver Wendell Holmes）

“走穴”

几个月前，突然接到一位女士的电话。她说听人说过我，对我的工作很感兴趣，她碰巧在城里，可否一见？我说可以，便邀请她到我们办公室参观，顺便介绍给我们几个同事，大家原来是同行，相谈甚欢。

后来她又打电话来，约我过去给他们讲一讲课程设计。我说可以，于是就过去讲了一通教育设计，还拿了几百块钱的酬金。后来我才发现这是一场工作面试，而非“走穴”。面试一回新工作，不但所有费用全报销，还赚钱了。

几日之后，该学校再次联络，称有意给我一个新的职位，让我主管其课程设计的部门，问我是否会考虑。那部门本来就已经有了几个课程设计师，都是美国人。大家可能知道，喜欢搞翻译的人大部分都有个特点，喜欢动脑子，但不喜欢用心机，我们未必适合当领导。为了不让对方盲目招到对自己不合适的人，双方都后悔，我让他们考虑好，不要盲动。我说我不是好领导，我甚至根本就不喜欢管人，除非你们和我一样相信无为而治。我觉得，如果你能把一个人的积极性调动起来，就根本不需要去管。没准这歪理邪说还真被采纳，他们越发希望我去了。

我感谢这种毫无保留的信任。可惜那地方是德克萨斯中部一个地方，比较偏僻，甚至都不如俄克拉荷马城热闹，这对家人好不好？我顾虑重重，一时间没有答应。还没怎么想好，我就回国了。

回国期间，看到北京“一席”讲坛有几位演讲者讲到了“创客”。创客是把互联网的一些理念和方法，用在现实当中。这是很吸引人的一个新潮流。该学校在“创客”的实践上，走得很是领先。而这个概念，我以前还一无所知，我很想在这方面有所了解和研究。作为一个自诩的“教育卧底”，我是要到处走走看看，有机会就去深入体验一番的。

总的来说，在美国生活，除非是去了比较多元和复杂的大城市，否则在一个寂寞小城，过几年不换一换地方，人会越来越闷的。重新出发，也是人生各项要素的重新集结，能为生活增添一些活力。再说了，又没有户口档案各种限制，你想搬哪里搬哪里，那何必不多换换地方，多些体验？

于是我们决定搬走。

上班最后一天，一走进校园，人还没走，就开始怀旧了。我在这个单位有过很多愉快的回忆。下午单位给我举办了欢送会，虽是暑假还是来了不少人，很多人听说我去德克萨斯，表情变得十分怪异，甚至说不知该恭喜我，还是同情我。

美国州与州之间，也会有一些小小冲突的，不过通常都不是什么实质性的争论，而是关系到地形地貌，或是橄榄球队、冰淇淋店之类，多属戏谑。俄克拉荷马和德克萨斯之间就结了一些这样的“梁子”。德克萨斯人通常认为德克萨斯是世界上最好的地方，这么大一个州，海洋山川荒漠什么都有。但是俄克拉荷马人觉得德克萨斯尤其是其西部太过荒凉，我所去的地方更是“无人之地”，唯一让游客逗留的地方是 20 号公路。

不过在美国小地方生活，其实去哪里都差不多，都有沃尔玛和山姆会员店，都有汉堡王和家得宝，都有中餐外卖和四川红。对于美国同事这种地域争议，我根本不在乎，再说他们本来也只是开些善意的玩笑，美国人大部分还是尊重个人选择的。

离职的这一天，空调开得冷，我在室内冻得瑟瑟发抖，亲身体验凄凉的感觉。我同事找楼下的凯茜解决这个空调开得过大的问题，凯茜说，开这么冷，目的是想把某人冻得贴在椅子上扯不下来，这样他就不走了。这个玩笑让人感觉温馨。

屋外阳光灿烂。这几天有一所谓“科学传闻”，说美国航天航空局警告太阳有所剥落，正飞向地球。恐怕这也是讹传。我杞人忧天的是，但愿不要有任何天外来客，击中导航卫星，使得我的 GPS 失灵，如是这样，那我们就要在前往德克萨斯的途中迷失，如同《出埃及记》中记载的那样。德克萨斯西部确实荒凉，大片土地，到处都是仙人掌和矮矮的如灌木的牧豆树。但是，人只能大胆地往前走。

美国签证过去很难办，其官方的一个说法，是到了美国之后，就没有人再可以管束你。确实，一旦入境，境内你想搬哪儿搬哪儿。这里没有基于州或者城市的户口，迁徙和流动都平常。这也带动了很多相关产业，比如房屋的买卖，搬迁，等等。由于人们的生活观念多元，不是所有人都拥到了加州和纽约。往往是住在小城镇的人越来越不喜欢大都市，住在大都市的人越来越不喜欢小城镇。人总是要给自己的生存状态寻找合理化的解释，而寻找这样的解释，没有什么比否定“他地”更好的办法。这样的心态貌似不良，但如果适度，且未攻击伤害他人，却又是必要的。人到哪里，心就要跟到哪里，否则会造成各种精神分裂和错乱。各位读者朋友，这也是我的建议。不管你在哪里，喜欢那个地方吧。要是开始不喜欢，就设法搬走；要是不想搬走，就设法改造或者适应。总之，人的思想可以无限自由，而生活展开在你的眼前和脚下。

◆◆◆ ◆◆◆ ◆◆◆ ◆◆◆ ◆◆◆

搬家

在美国，搬家很频繁，这是非常繁重的工作。整个一栋房子里的东西，全部搬到另外一个地方，谈何容易？但这毕竟是一个资本主义国家，只要出钱，就没有什么办不到的事情。

一般情况下，换工作时，新单位都给你一笔“搬迁费”，这笔钱视搬迁距离，数额高低不一。这钱你可以用来聘请搬家公司，自己租卡车，等等。只不过有时候搬迁费不够使用，我们只能自己动手就是了。

我们搬家由于路近，给的搬迁费不多，另外我们房子也没有找好，所以只能节省着使用，最后不够了自己掏。搬家的时候，在俄克拉荷马，我们找了个名叫“你装我运”（UPACK）的公司，自己来装。我7号离开，所以约好了他们6号过来。6号早晨，看到一辆大卡车装了一个集装箱过来了，卡车司机很健壮，胳膊粗得超过我大腿，但他只负责把卡车丢我们家门口。然后，我和几个中国朋友一起搬。我家家具不多，我以为这大卡车装一半就不错了，结果一搬起来，发觉几乎全装满了，把几个朋友辛苦坏了——千万不要低估你五六年下来可能会积攒的杂物。

装完的次日，打了个电话，那位卡车司机又来了，把集装箱给运走。这位司机只负责本地业务，把卡车从本地的转运站送到客户家里，然后又送回转运站。从俄克拉荷马到德克萨斯的驾驶，另外有别的司机负责，分得很细致，有点像导游的做法。

我们自己开着车到德克萨斯后，一时没有住宿的地方，只能住在旅馆里。但是不久卡车也到了，让我告知地址他们来送。我说没有地址，他们说可以帮我HOLD住，等我有了地址再送，当然这储存得另外交钱。我于是让他们HOLD住，自己拼命找房子，这是够折腾的，不过也非不能忍受。

搬迁过程中，我发现美国远近距离搬家的公司很多，服务方式你能想到的基本上都有。搬家公司可以给你打包，可以帮你搬运，可以帮你装卸，帮你储存，还出售各种搬家用的设备，如推车、纸箱子、垫子等，该市场和衍生市场都十分发达。

到了德克萨斯之后，很巧的是，次日遇到一个当年在雪城的同学，他们当年是小夫妻，现在都有了两个孩子。这种巧遇，原来是因为他们也拔了寨，从亚利桑那搬至南卡罗来纳，我们一个往西一个往东搬，就这么巧遇了。大家在美国常常这么换来换去。这种迁移并不可怕，倒是催生了一个非常庞大的物流、房屋买卖、房屋管理市场。从这件小事上，我也感觉到，只要政府少插手，市场会识别并解决人们的不同需求——内需就是这么拉动的。

卖房记

在外国买房，好像总是在可能出差错的地方，差错如约而至。

——旅行作家塔希尔·沙阿（Tahir Shah）

一

由于工作变动，我们在俄克拉荷马的房子要卖。一卖房子，我发现中美两国人骨子里的差别还是不小的。

我们想换个房子，让中介来看现有房子。中介建议我们把墙纸撕掉，重新刷漆，然后要油漆柜子，换电灯，等等。我说我白天上班，回家还有别的事情，没时间弄这些，她于是叫了个杂工来报价。杂工说完成所有这些，需要七千元，这还不包括撕墙纸。杂工说他需要带两个人，干上一两个星期才能完成所有这些。后来又看到一则促销广告，说某装修公司的杂工（handyman）半价收费，原价是每小时七十五美元。美国通过各种贸易手段，让美国人能够享有非常便宜的物品，很多从中国进口的东西，比在国内买还便宜。不过，一旦涉及人工，由于工会、最低工资等诸多因素，费用就会高得离谱。很多美国人三头六臂什么都会，这都是逼出来的，或者是从小被他们的爸爸妈妈逼出来的。

我决定自己动手。面对四面贴着墙纸的墙壁，不知如何下手。每当你山重水复疑无路的时候，看了视频就柳暗花明又一村。世界上有公益精神的人真不少，没想到Youtube上有这么多撕墙纸的方法：可以用一种汽化器快速去墙纸，也可用一种“墙纸去除剂”去除，甚至可以用热水和一种洗涤剂自己配。

看视频学习如何做事，这是一种随机的学习。一说到学习，大家总觉得正襟危坐在教室里被老师教着才是学习。正式学习正在被微课化的教学视频改变，开始变得非正式、零碎、随机。现在动辄几万人的MOOC大课，也不乏这种非正式迷你教学视频，而使用者反倒多为哈佛麻省理工这些学校。

另外，我还发现，学习是社会性的行为。当我遇到困难的时候，比如刷墙到底需要什么材料，现在跑到家得宝商场的油漆部，油漆部负责销售的人就可以跟你说个大概来。现在很多做销售的人不叫“销售员”，而叫“销售顾问”（sales consultant），他们的职责之一就是指导客户如何使用和采购他们的产品。家得宝的销售顾问会详细告诉你买哪些东西，怎么用，等等。遇到疑难的时候，比如刷漆要刷几遍，我会问我的那些多次装修身经百战的美国同事，他们通常能给出非常好的答案。

动手的时候，才发现理解不复杂，难的是工作繁琐繁重。家里住着人却来刷墙壁，就得把要搬的东西搬走，然后蒙上塑料布，垫上废纸或者废布料等等。油漆不慎碰到的地方，还得一点点清除。

对我这样一个教育工作者来说，刷墙这件事，和人的持续学习有关。这些年我作为一个写手，到处写稿，莫名其妙熟悉了很多话题：体育，工会，医疗，等等。我老婆说要是不和我这人生活在一起，还不知道我这人知识多渊博，好像什么都知道似的。她这话也对也不对。对的地方，是我确实无知，不知道多少东西；不对的地方，是我知道如何学习。人不必把所有的知识都装在脑子里。有的知识，让它在五湖四海（knowledge in the world），好过它全塞在我们脑子里（knowledge in the head），让我们变得迂腐。

但是能不能调集外在的知识为己所用，还得有一定的思维结构，有甄别信息、解决问题、创意思考等横向技能上的训练。能调集各种资源，用各种正规或非正规手段持续学习的能力，将越来越成为一个人的核心竞争力。我有个朋友，一次跟团出去旅游，后来大家去买当地特产，他脱离队伍，自己去买。有个同伴以为他是本地人，一道跟着去。出来后他解释说，他不是本地人，也不知道特产在哪里，但是他知道该问什么人，比如问本地出租车司机，远比问导游靠谱。

当我把刷墙提升到学习这个高度的时候，我刷的就不再是墙了，我刷的是无知。

完成一天的苦功之后上网看看，发现有朋友在抱怨北京保姆月薪都四五千了，白领们在发愁。我搓了搓刷了一天墙的手在想：倘若可能，为什么不自己动手？有时候做做家里的杂活，对于长期伏案工作的白领来说，也是一种很好的调剂。在家闲着，有一点事情就找他人，然后身体倦怠了，就花大钱买健身俱乐部的卡去健身。这都是烧钱的，未必合理。只不过这个道理我说了也没用，等哪一天保姆杂工也开始时薪七十五元了，大家也会纷纷去动手的。

二

大致对房子进行了一些装修后，我就准备将房子出售了。我们这个房子非常别致，屋后有竹林，有松柏，有玉兰，另外还有一个小鱼池，里头养着锦鲤，有水泵二十四小时抽水循环，形成小瀑布，这种环境非常清幽。茂林修竹，也成了鸟类的天堂。有时候白天在家，听到枝头百鸟朝春，一片喧闹。鸟类的重大会议应该是在这里召开的。这么好的自然环境，若非工作变更需要搬迁，我是不会挪动的。要不是怕交易起来手续繁杂，我都应该卖给国内的朋友。我们在中南部，房价比较低，我这种房子你随便把某个二线城市的两室一厅卖掉都能买得起。

可是这种屋子在美国人心目当中是什么概念呢？当初我买房的时候，我说一看就喜欢，问代理罗纳多，罗纳多说：吸引你的那些原因，也同样会吸引其他人。这个说法有些外交辞令，让人不明就里。

我们这次找的代理，叫卡洛尔，人很精干，也很直爽。她一进屋，随即噼里啪啦提了一大堆意见，比如墙纸必须换掉，现在墙纸过时了，没有人喜欢墙纸。她还说这个地方要粉刷，那个地方要修理。她自信十足地给我提出了一大堆意见。对于我引以为豪的院子，她只是说很好，“可能对于美国人来说太绿了些”。记得我过去的邻居也说过这话。这对我来说是很震惊的，我从来不觉得绿色有可能“太绿”。俄克拉荷马这里的人像富家女保养指甲一样保养草坪，一定要保持适当的高度，不让草长太高太旺盛，草的品种也是整齐划一，出现杂草就洒药除掉。我对此颇有微词，但无法改变。

“一个人的肉是另一个人的毒药。”我担心美国人把我心爱的竹子当成所谓“入侵物种”。对我来说，这一小片竹林，春天竹笋都不够我们吃的，怎可能汪洋恣肆地长开。但周围美国人看了就觉得惊恐得很。听卡洛尔介绍后，我又把竹子修剪了一下，使得它们看上去更整齐了一些。马上就要搬家，为了早点出手，我只能把东方人对于错落有致的美学暂时藏了起来，我不可能通过卖一次房来普及中华文化。

卡洛尔更看重的是室内的设施，比如厨房的柜面是不是升级为大理石，灯具和水龙头有无更换成新的，地板有没有换过，等等。她说我如果没有做过这些升级，就无法卖到九十美元一平方英尺这个价格，她还拿出了四周人家房子的数据给我看。她是用“大数据”的方法在卖房。不过她说的均价八十七的房子应该是怎样，均价九十的房子又应该是怎样，我听了很不舒服，觉得她像是在多少钱一斤卖猪肉一样卖房子，因为对我们业主来说，我们对房子都是有感情的，都把房子的价格高估了。任何东西，一旦我们拥有之后，我们就有了一种感情的附着因素在里头，都高估我们手中物品的价值。而在买家眼中，这种感情的附加值是不存在的。这个现象，行为经济学家丹·艾瑞利（Dan Ariely）曾经在书中提到过。

这事我后来想需要换位思考，得从潜在买主的眼光来看房子。更多的潜在买主，是那些嫌草太绿，嫌树太高，关心灶台和橱柜的芸芸众生。房产代理对他们的认识应该比我更准确。所以后来我想，既然花 6% 的佣金来请她卖房，这 6% 的钱，就是用来购买她对于市场和买方的认知，所以基本上我们和她很配合。她让我怎么改我就怎么改，结果还是有效果的，我们的房子引起了不少人的兴趣，很快就有两个买家出价，一家出价太低被我们拒绝，另外一家我们决定接受他们的购买。

此间还有一个女子感兴趣，让丈夫晚上来同看。他们来之前，我们家刚吃晚饭，晚饭是一锅炖羊肉，里头放着五香八角什么的。看房的时候我们照例不能在家，所以把碗筷收拾一下就出去了。听卡洛尔后来介绍，那对夫妻一进门，闻到那气味，掉头就走。别看美国人平时闻到中国饭菜的气味，说“闻起来不错”。大部分这是违心在说客气话。我通过卖房，发现他们其实是害怕、反感这种气味的。我们不在家，他们不用考虑我们的感受，所以就把这种反感表现了出来。当面的话，可能忍着不说。他们自然喜欢他们熟悉的气味。我一美国同事卖房子的时候，每次有人来看房之前，都在烤箱里烤馅饼，然后把馅饼放外面让来的人品尝。那种烘烤的香味，让来看的人感觉很好。

三

搬家之前，也把好多东西拿出来放车库卖。我们家不大，家具也不多，不过，一收拾起来，才发现原来五年下来，东西积累得已经非常多了。不是所有的东西都值得我们搬走。在这种情况之下，车库销售是个非常好的办法。

车库销售通常是周末的时候不同的人家在自己家的车库

里面举办的小型销售活动。星期六是最高峰。星期日又称礼拜日、安息日，通常是没有人来买卖的。

这种车库销售，大家把自己用过的旧东西、不用的东西拿出来卖，价格非常便宜。买家有时候能以极低价格淘到极好的东西。逛车库销售本身就是很有意思的事。我过去一个同事，丈夫酷爱高尔夫球，跑到车库销售中淘到一罐子高尔夫球，脏兮兮的，还沾着泥巴没洗，回来老婆帮他一洗，发现里头有一戒指，经鉴定，该戒指值几万美元。他老婆当然很高兴，只是老公很失落，这么有价值的东西，要是自己洗自己发现，说是买给他老婆的多好！可见男人多做一些家务多么重要！

还有一些家庭，老人死了，家里的东西都被子女拿出来出售。老人有些收藏子女也不知道价值，当成寻常物件卖掉的事情也很多。比如我过去在一老师家就看到一古董，很不起眼的一罐子，据说已经有三四千年历史，送子女他们都没有要。估计在她百年过世后，也是车库销售的命运。本人文物知识欠缺，如果大家到美国来，周末没事干，不妨去车库销售看看，圆明园一些失踪文物的寻回，就拜托各位了。

当然更多的是我们这样出售寻常物件的。星期五晚上，我和小孩去沃尔玛买了一些标志和标签，摆上几张桌子，把东西一一放在上面，标个价格，星期六一早就卖了起来。虽然同样是做销售，我家“腐败分子”就比我强一些，她比我会吆喝。还能七扯八拉拉些家常。我眼睁睁看她跟人介绍说：“唉，这个袋子，纯手工编织的。很有价值，两块钱。”“这边还有，到这里看看，需要小孩玩具吗？”

来车库销售的有些人是定向淘宝的。比如我们看到一个老头，专门找手表，特别是男士手表。他在找的时候，周围一个老太太看到他，问：“你是不是 the watch guy?”看来老先生是专门盯着手表买的，在附近小区都有了名气。可惜这位表爷运气不佳，我没有男士手表，只有几块小孩的手表，我上次准备带回国送人的，结果收拾行李给忘了，这次也摆在外面卖。有一阵子有十几个人来了，把我们的车库都站满，回头我发现几块手表被手脚不干净的人给偷走了。我估计有犯罪分子是专门趁这时候来顺手牵羊的。

大部分人是出于好奇，来看一看都有什么东西。墨西哥人来的很多，这些人连锅碗瓢盆都买。他们很多人根本不讲英语，一见面就跟你 Hola。不过还起价来倒是利索。

我们到了俄克拉荷马以后，也没有去家具城买什么东西。大部分家具本来就是从车库里面淘来的，十块二十块，现在搬家，又以原价卖了出去，倒有了一种赤条条来去无牵挂的爽快感。最后书倒是打包了不少，寄也不好寄，带也不好带，真是孔夫子搬家——尽是书（输）。后来想想看，搬家公司搬多少都这个价钱，有些东西只好打住不卖了。不然的话，这点家当，不用几个周末就可以被我们几个无证摊贩给卖光。

在家做车库销售，发现什么东西都有人买：烘干机安装时多余出来的管子，刷漆用的套子，各样奇怪的碗和碟子，都有人买。还有一位女士，看我外头插着售房的牌子，问我房子卖不卖。我让她自己稍微看了一下，进一步可以找我们的代理联系。要是在车库销售把房子给卖了出去，倒是可以造就一段佳话。

连卖了两个周末之后，发现了一些有趣的规律。比如大部分男性跑过来，最喜欢看电器和工具。有一个老哥，看着我的一堆电线、充电器、数据线之后，掏出自己的手机，问有无充电器。我居然从已经打包好的包装盒里，找到了配对的充电器，哥们儿大喜，顺便买走了其他一些东西。我看到我本来要扔掉的一堆电线里冒出了一个对他人有用的东西，也很高兴，这是双赢。

后来我就对市场进行了细分，将杂物重新整理，把工具和电器配件放在一起摆在地上，男人来了就蹲在地上找。我又把小孩的文具和玩具摆在一起。这两个人群都对其他东西不怎么感兴趣。都是杂物，整理则推陈出新。我发现卖东西和课程设计一个道理，都是一个用户界面问题。我们做课程设计，最忌讳课程的材料乱摆放，学生找这个找不到，找那个找不到，就不要说找到材料好好学习了。通常情况下，我们帮老师按照内容或者时间等标准，重新设置内容，将其分门别类，整饬有序，使得学生时间花在学习上，而不是寻找上。

当然车库销售的很多东西是因为搬家而挥泪大甩卖，但是也有一些东西，本来就是从旧货摊淘的，后来又以原价甚至更高价格卖了出去。我们一个鞋柜子，当初“腐败分子”是花五块钱买的，我不知道价格，用二十块钱卖了出去，这利润率就跟贩毒似的。以后生活无着了，我就去做车库销售这种很有前途的事业了。

唯一的遗憾是，我琢磨不透女人的购物习惯和思路。她们什么都可能买，什么都可能不买，找不到规律。

有一个墨西哥大妈，拿着我的鸳鸯火锅左看右看，问我这是干什么的。我说熬汤时，一边可以放辣的，一边可以不放辣的，以照顾不同人的口味。她想了一想，自言自语地说，我可以这边煮豆子菜，那边煮土豆菜，于是她给买走了。最近美国有一现实秀节目，请人为某商场的国际食品柜台，设计新的食品，得奖的作品是用墨西哥的玉米肉卷（Tamale）的外壳，里面包上中国的宫保鸡丁，这道新菜，叫中式墨西哥玉米卷。我看那位墨西哥大妈也发明了一种这样的混搭，叫墨西哥式鸳鸯炖锅。

四

到了七月份，我们家里东西卖得差不多了，房子也终于卖出。我们离开，到了德克萨斯。在德州，我们找到了一处房子，但是只能等自己的房子转手并结款后才能买下。

青黄不接之际，我们无家可归。住了几晚宾馆后，发现这样下去还不是一天两天，而是长达三四星期，天天住宾馆太昂贵了，于是开始找便宜的住处。我们找到了一家汽车旅馆住了进去。

这旅馆的房间是小小的标准房，两张床，一张桌子，上面放一电视，还有微波炉及冰箱。我们还随身带了很多东西，包括锅碗瓢盆和睡袋杂物，原准备在其他物品到来之前，暂时使用。不过计划不比变化，不想一下子拖了几星期，且住到了汽车旅馆。

这么小的地方几个星期怎么过？住了五年独幢房子后，开始挤这小房间，实在受罪。不过又想，世上多少人终生大部分时间就住得这么拥挤，我们不过过渡一下，也没这么可怕。

挤在一间小屋里倒也很有好处：以前家里有多个房间，一家人各忙各的，现在被迫挤在一起，大家更为亲近。我们甚至开始一起有了真正的家庭时间。比如我们从附近的公共图书馆借来老电视剧《佐罗》一起看。我们一起养一盆我们从俄州带出、准备移植到德克萨斯的韭菜。

白天我们逃离这小小空间，去城里图书馆看书，去小饭馆吃饭，换驾照车牌，找学校。晚上回家看书的看书，写作业的写作业。我突然发现，这应该不是什么极限生存，这不是大学宿舍吗？想象总可以拓展蜗居空间。

只是我为不能找到地方码字沮丧。汽车旅馆简陋到连个大堂也没有。但是今早，我看游泳池空着，什么人也没有，于是倒了一杯咖啡，坐到桌边，跷起二郎腿用 iPad 写起东西。太阳照到脑壳、无阴处可躲时，任务也完成了。这个经历十分令人愉快，甚至开始让我心生疑惑：买房是不是完全必要？人生本来就是匆匆如客旅，若是条件许可，能租上酒店一套房，不用担心保险房产税前院割草后院拾掇，倒也挺好。作家约瑟夫·奥尼尔就这么干的。他和家人常年住在切尔西酒店里，只不过这种潇洒费用高昂，也只有当过律师的奥尼尔能受得起。庸碌如我，不能免俗，只好和大部分人一样去买房养房了。

五

在外头蜗居居然长达一个多月，皆因俄克拉荷马那边出了问题。七月份买我房子的老太太 W 太太，是给自己的女儿买房，她的女儿是一个单亲妈妈，带着一个八岁男孩，不知怎的又怀上了一个，壮大的家庭需要有更大的房子。他们这一家来自春天龙卷风灾难中的重灾区摩尔镇。估计保险公司赔的钱，不够他们买一个更大的房子，于是 W 太太自己出钱，给女儿一家买这房子。

但是购房合同上说，我的房子购买条件是 W 太太自己的一套小房售出，让她能拿到贷款，这也是一种卖法，叫

contingency。但是我当时对这种交易毫无怀疑，因为W太太的房子也已经售出，只不过是等买方拿到贷款而已。我们于是搬到了德州，暂且住在宾馆里，等着那边交易完成，好让我能买到这边的房子。我这边的房子也已经看中，只是等那边的款项过来。我这边的购买也是附加了一个条件，成为contingency购买的方式。

这样一来，整个购买的流程，就变成了一多米诺骨牌的格局，只要第一家不成交，后面几家都不能成交。但是第一家买房的人似乎永远不急不忙，慢腾腾地在办他的手续。到了约定交易的那一周前，我们的代理卡洛尔突然说对方的VA贷款有一些问题，资料不全。美国买房贷款有很多种，最常见的是“传统贷款”（conventional loans），是那种付20%首付的品种；还有一种叫FHA（Federal Housing Administration）贷款，是可以少首付，但是需要对贷款进行保险，因此费用更昂贵一些；还有一种叫VA贷款，为退伍军人所设，应该是零首付，申请过程繁杂一些，需要原来的军队等提供各种文件，确认贷款人身份。

后来那人的军人贷款实在无望，于是改作传统贷款。这样又得从头再来申请，我们等啊等，眼睁睁看着交易日一次次被推迟，但是束手无策。我们在外头客栈大约住了一个月后，听说那边的贷款申请下来了。我们约定8月30号成交。这边的成交日紧接在后面。

但是交易前一天晚上，那位退伍军人突然决定不买房了。早不说晚不说，却在交易头天晚上说，如同一个恶作剧。此时我已经同意让我的买家提前搬进我的房子。我们把这边的水电等都转到了我们的名下，结果这边房子买不了，那边房子则重新上市出售。

我这边也在宾馆住了很久，扛不住了。只得重新办贷款，同时以比较高的租金，住进现在的房子里。而俄克拉荷马那边的房子，我也让 W 太太一家继续住着。别的房产代理建议我拒绝这么做，因为如果期限到，他们的房子无法交易，我赶都赶不走。不过我还是以象征性的房租，让他们继续住着，他们的大孩子要上学，小孩子要出生，虽然我这边的卖方让我花高价办理提前入住，但我何必趁人之危？

这是一次冒险，因为一个房子，你去看的时候是一个局面，住进去一段时间是什么感受，又是一个局面。或许对方住了几天之后，发现后院需要打扫的地方太多，或许鱼池管理起来太麻烦……这都有可能让她打退堂鼓，决定不买，而我也不能拿她有什么办法，除了扣除那少量的定金。但是也只能这么去试一下了，我见过那位 W 太太，她在学校管理一个食堂，不像那种不靠谱的人。对我们可能相信的人，纯粹去赌一把，有时候是我们唯一能做的事。

那位退伍军人我从未接触过，不知道是什么样的人。为什么突然决定不买 W 太太的房子，我无从得知。卡洛尔说那人大概是脑子坏了，也可能是邪灵附体了，总之到最后他什么也不在乎，面临几家房产代理的起诉威胁也满不在乎。我一开始问卡洛尔为什么不警告我这种VA贷款可能面临办不下来的风险？她说不能这么讲，VA是为那些“为国效力”的退伍军人专设的。她也不知道那人申请不到，事实上她和所有下家都是受害者。只不过那人好像也没什么钱，就是起诉他，他也掏不出什么钱。

不过卡洛尔也还负责，超出了自己的职责范围，去帮我们的买家重新卖房。幸运的是，大约一个多星期后，W太太的房子找到了新的买家。于是到了最近，我们的房子才成交。

这离当初已经好几个月了，足够折腾。山重水复疑无路的时候，我想到自己的遭遇，冲房产代理发过火，因为她作为业内人，应该能看到我们看不到的风险，毕竟我们都不是天天买房卖房。但后来从她的角度想一想，又觉得没有这个必要，我更多还是感谢她的坚持。大家都是普通人而不是超人，没有人能清晰地看到未来。谁能看见人心变化莫测？谁能看到世事风云不定？她能咬着牙坚持下去，最终使得我们的房子即便是出现变故还能顺利出售，就很了不得了。

如果由着自己的意气，让关系坏掉，解除合同重新再来，我们还得重新找人来割草、给房子买保险、管理鱼池、打扫里外，且遇到问题我们远在异地也无法解决。与之相比，我们所经历的这些麻烦，都无足挂齿了。

有趣的是，在工作单位的“平行宇宙”里，我们和某供应商之间遇到了非常类似的情形，一时间大家意见很大，气氛紧张。最后反倒是我不断降温，使得大事化小，小事化了。同事说我是个和事佬（peacemaker），处事冷静成熟。其实这些优点我也不是一直都有，而是这买房卖房的事情，让我去想象各种应对方法可能产生的后果。有时候我们遇到麻烦，与其去抱怨，不如去想想，我们的选项是什么？假如不这样，是另外一种做法，又当是什么结局？这种想象，反而让我们在无奈的现状面前，得到内心的安宁——而这种安宁也未必就是自我安慰，而是真正认识到了自己是何等有限。在这个千丝万缕相互关联的世界，多少事，完全不在我们的掌控之下。败了，我没有那么大的负担；成了，也未必就是我的荣耀。

从“军”记

我们必须靠童子军运动来培养未来的男子汉。

——童子军运动发起人之一丹尼尔·卡特·比尔德（Daniel Carter Beard）

参“军”

我让儿子参加了童子军。准确地说，他参加的还不是童子军（boyscouts），而是幼童军（cub scouts）。幼童军到最后，会一步步升到童子军。“scout”这个词，有“侦查员”、“守卫者”等多重意义。

据我目前的观察，与其说童子军类似军队，不如说它类似帮派。童子军是一全国性组织，甚至在其他国家（包括韩国）也有据点。在美国，不同地区皆有分部，按数字编排，分别称“帮”（Pack），“帮”下面设“派”（或曰“窝”，Den）。这好比帮派里说的总舵、分舵。

按照年龄、年级，孩子们分别进入虎派、狼派、熊派、鹰派。各帮还有自己的口号，以便大型聚会点名时使用。通常这些都是谐趣口号，而非“宝塔镇河妖”这样的接头暗号。比如叫到430群，大家一起叫：Having fun, getting dirty, look at us we’re pack four thirty. 童子军见面，还有特别的握手方式、自己的敬礼方式。最常见的，还是其独特的手势，用拇指中指打出“和平”标志，打出这个标志后，其他人要跟从，看到这个标志，所有小孩都不许说话。由于童子军的小男孩小女孩聚到一起，都如同千万只麻雀，这个手势使用极为普遍。

每个月，帮里会召开一次大会，派里也会召开一次分会。上个月，我们分别参加了帮会和派会。帮会上，负责的家长介绍新招募成员，给新成员系领巾，给去年参加特别活动的儿童颁发“勋章”等。

我们也参加了一次派里的活动。该活动是在一个人的家里举行的。活动上“分舵主”让小孩看了一段网络安全的录像。今年的学习侧重之一是网络安全。小孩回到家，还须完成一系列其他活动，比如熟记童子军的一些使命宣言，并完成一个关于网络安全和欺凌的游戏。完成这些“作业”后，家长可上网登记，完成一定任务后，小孩会“升级”。

小孩手册上的“帮规”，我看就是一本素质教育手册，上面都是些公民品格，比如领导、负责、服从、荣誉。每个月，帮里几乎都组织一次外出活动，让小孩在实际活动中培养积极向上的品格。他们尤其注重领导力的培养，比如让童子军主持各种活动，“传帮带”下面的童子军和幼童军。另外一个技能培养对象是个人影响力，比如让男童子军去推销爆米花，女童子军去推销饼干。

类似“软实力”的培养，美国人是下了不少功夫的，童子军只是在朝这方面努力的诸多民间组织之一。亚裔家庭参加这种组织的并不多，可能觉得浪费时间。大家更多时间在学一些个体化的技能，比如学钢琴。到了工作的时候，表现不出领导和组织能力，遇到“竹子天花板”，又能怪谁？

◆◆◆ ◆◆◆ ◆◆◆ ◆◆◆ ◆◆◆

夜宿博物馆

2003 年出品的电影《夜宿博物馆》中，笑星本·斯蒂勒(Ben Stiller) 扮演的主人公，应聘到自然历史博物馆值夜班。一到晚上，博物馆的陈设都活了起来。很多故事由此而生。沾儿子的光，我也到附近科学博物馆过了一夜。博物馆里科学家肖像是有一些，不过一个都没有活过来。活蹦乱跳的是几百个童子军及其家人。

进去后，博物馆礼堂里有些集体的活动，告知了一些简单规则，比如哪些地方不可以睡觉，以免晚上脸被人踩扁。然后，一个小伙子扮疯狂科学家，给小朋友表演火焰龙卷风、力的作用、摩擦生电等。小伙子的表演和屏幕上机器人的图像无缝连接。小伙子语言诙谐，互动频繁，让孩子们欢声雷动。看来表演者接待这样的童子大军，已成家常便饭。

接着，我们去看了一场环幕电影《龙卷风走廊》。电影讲述俄克拉荷马一群跟着龙卷风的"追风人"的故事。在那球状的环幕下，我们就如同困在了一只蛋壳里，龙卷风旋转着向我们逼近。到了十一点半，天文馆有《夜空》表演。在人造但逼真的苍穹下，我们仰望星空，这勾起了我在打谷场上乘凉，看流星划过天空的回忆。人心情不好的时候，可以去下远郊，在没有灯光污染的天空下看星星，你会想到自己的问题何等渺小。

除了几场有组织的观摩之外，其余时间，孩子和家长自由活动，或是去做手工制作的地方，制作面具，学魔术，绘制地图等，好去赚童子军的相应徽章。博物馆针对中小学生居多，让这个群体的人安静看文字说明，他们很受罪。大部分陈列，都可实际操作。我用潜水镜，看到了室外的情景，我们睡钉子床，让热气球升空，制造烟雾龙卷风。过去我们的中学物理课，只是从书本中学习这些，感觉距离遥远，如果当时有机会到这种地方来，直观地看一看，动手做一做，或许会对科学的兴趣更浓。

博物馆花样繁多，一晚上玩不过来。其布局开放而轻松，多来几次也看不厌。这种博物馆，家庭可以办年票，一年反复过来。我有个同事，在写博士论文期间，老婆就买了动物园和科学博物馆的年票，经常带三个孩子过来，好让老公一个人在家安心写作。

半夜，大人安营扎寨，在各个地方铺睡垫，支行军床，开始睡觉。博物馆礼堂仍开着，通宵放电影。我儿子也跑去熬通宵，在里头看《星球大战》。我以为他撑不了多久。到了三点，还没看他回来，于是跑去看。一进去，很多小孩从座位上爬起来，在走廊上来回跑动。找到儿子后，他不肯回去。我想机会难得，由他一回。出了门，撞见三四个熟悉的小孩，他们非常热情地说要帮我找人。我说不用了。随便视察一下，不用扰民了。不过我纳闷，怎么小孩对我们这么客气了？

早晨问我儿子，才知道我进去的时候，小孩把我当成了值班看守，所以有的从座位上爬起来逃跑，有的倒下装睡。后来在门口遇到的小孩认识我，怕我跟他们父母告密，才这么客气。大家都是从父母床上偷溜出去，看夜场电影的。小时候我们还不一个德性？隔着几个村子看电影，父母百般阻拦，我们还是偷偷跑去看。我和儿子在完全不同的环境下长大，不过值得回味的童年，却是八九不离十。很多华人家庭觉得童子军没用，我们却跟着童子军去野营，去参观博物馆，去参加松木汽车制作比赛，感觉趣味无穷。童年的时候，还有比充实快乐更有用的东西吗？

◆◆◆ ◆◆◆ ◆◆◆ ◆◆◆ ◆◆◆

要饭

十一月、十二月，美国这里过感恩节和圣诞节。这是家庭团圆的节日，也有“忆苦思甜”的成分。大家借此节日纪念刚到新大陆的第一批居民。他们在天寒地冻的新英格兰，在印第安人的帮助下，艰难存活了下来。这种时节，很多社会组织也让人去想那些吃不饱穿不暖的人。据俄克拉荷马地区“食物银行”（Regional Food Bank of Oklahoma）介绍，俄克拉荷马每天有六十七万五千人吃了上顿不知道下一顿来自何方。

诸多组织试图帮助这些人。大部分教会都有自己的“食物银行”，让人带便于储存的食物到教会，以赈济这些人。这个周末，我儿子所在的童子军，也组织了一场活动，收集罐头食品，交给一个名叫“希望中心”的慈善机构。

星期天下午四点，我们在童子军“分舵主”吉姆家的小区见面。吉姆家门口来了十几个小孩。家长谢瑞拖了一辆小拉车，里面装了很多塑料袋。她把袋子分发之后，“分舵主”下达了指令，让小孩分成两拨，由参加过此类活动的小孩为首，去各家各户敲门。别的家长又叮嘱了他们不要在人家草地上走；敲门后要退后几步，不然的话，这么一大群童子军啸聚在门前，如兵临城下，会把一些老头老太吓着。发完指令后，童子军的小孩立刻散开，在街道两边变作了丐帮。

大部分家庭，如果有人在家，都能找到些罐头食品出来，给收集食物的小孩子。有的家长还打趣，说：你们是要我不想要的食物，还是要好点的？也有的人开了门，说自己也做过童子军，干过类似的事情，所以非常出力，把家里冰箱搜了个遍。一个小时不到，小孩子们收集的食物装满了一个小车。把家里吃的东西拿一些出来，赈济他人，这是所有人乐意做的事。

我们几个家长，远远地站着，或是帮着维持秩序。我突然想到，这是平生头一次出来“要饭”，而且感觉愉快。我跟着孩子们走，一路欣赏这些人家庭院的装饰。大部分人家都种植着各样花草，摆放着这个季节特有的南瓜和草垛，兔子、鸭子、仙女、圣徒等各样石雕，俄克拉荷马州立大学、俄克拉荷马大学或 NBA 雷霆球队的徽标，或是造型各异能把人萌翻的稻草人。这些家居装饰，几乎没有两家重样，各有其鲜明的个性。很多美国人周末的时间，就用来摆弄这些东西了，把居家过日子当成了一门不断打磨的艺术。生活可以将就，也可以讲究。

人的精神境界也一样，是勉强支撑还是有意拓展，也是一念之间的事。到了地广人稀的北美，大家可以哭诉寂寞，也可以参与收集食物这类社区活动。走出小小自我，生活便不再空虚无聊。

晚上回来，收到牙医的一封信。牙医说他的诊所在收集能穿的半新外套，收集之后也捐给“希望中心”。每个捐衣的人，下次来看牙，可减免二十块钱。

◆◆◆　◆◆◆　◆◆◆　◆◆◆　◆◆◆

野营

周末去俄克拉荷马的乔治·托马斯野营地野营。金秋十月，本来阳光灿烂，但这里毕竟是俄克拉荷马——俄克拉荷马名人威尔·罗杰斯曾说：你要是不喜欢这里的天气，等上一天再说。星期四还是响晴，星期五就乌云密布。我们本来是星期五、星期六去露营两晚，因星期五有事，耽误了一天，只去露宿了一夜，结果自然是一切对半打折，冻也是冻了个半死。

营地是童子军专用营地，大家分成不同的帮分批到达。

星期六早上驱车赶到，发觉到处都是露营的帐篷，如诸葛亮布的八卦阵，在里头转来转去，找不到我们的帮藏在何方。后来“帮主”派人到停车场迎接。

白天时间按照日程表，紧锣密鼓地参与童子军各项活动。今年活动总的主题是“马达加斯加”。不远处有鼓声传来。参加“丛林节奏”的孩子们，在学热带雨林中的人打鼓。

然后的节目是打弹弓。主持的一帮人也是孩子，初中生的样子，穿着印有“员工”（Staff）字样的T恤衫，在介绍打弹弓需要遵守的规则：不要把弹弓对着人，每次上场六个人，不要喧哗。“如果不遵守纪律，我会亲自上去把你带走。”一个小胖子介绍说。边上一个带队的大人，在笑眯眯看他们介绍。

后来的节目也一样，全是这些初中孩子在主持，参加活动的则是小学生。远足时，前面有小领队带路，后面有小领队殿后。家长离开小路，小领队便要求大家回到小路上。小领队礼貌而坚决，大家不回到路上他不肯继续前进，“以免有人掉队，被马达加斯加的什么怪兽吃掉”。

鼻子上满是雀斑的小领队对自己的职责一点不含糊。每走几步，就喊一声“停！”然后小孩和家长都一起停下，听他介绍路上发现的马达加斯加的仙人球、仙人掌，或是由袜子“扮演”的挂在树上的狐猴尾巴。

上了山，风景豁然开朗，俄克拉荷马开阔的天幕下，一连串的大风车，正在地平线上悠悠转动，其状神奇，久处小镇，这景象让人耳目一新。在山巅，越觉寒风刺骨。小领队们穿着红色的T恤衫，有的还穿着短裤，也不知是真没事还是装没事，还是整个被自己所在做的事迷住了，以至于忘了天气的寒冷。

营地好比长征的微缩版似的，我们走过了漫长的“草地”，走过泸定桥般的铁索桥。还有一个吊索桥，上面铺着木板，两边的木板松散一些，有小领队站在上面，一个个神情严肃，守着岗位，不让小小孩不慎上去，一脚踩空。

这些活动三十分钟轮换一次，走完了“长征”，便是足球赛，然后是“马达加斯加历史”小讲座。这些活动让人感觉怪异。我不大习惯玩耍被赋予结构，只不过这是半玩耍半训练的活动。训练的到底是什么呢？似乎也看不出。美国人对于小孩的教育，不像中国人那样求全责备、精益求精，而是重在参与和快乐。而从领队的小孩来看，倒觉得他们对领导力的训练货真价实，甚至都有些仪式化。这些大小孩在教育、指挥、管理比自己小几岁的小孩。现在被指挥的小小孩，再过几年就成了过来人，让故事继续循环下去。这个被人视作“世界警察”的国家，在培养领导力上面总是不遗余力。是超级大国的地位迫使他们这么重视领导力，还是重视领导力的培训成就了他们超级大国的地位？我在想。

午饭之后，我抽空跑到营地，支好帐篷。我们的帐篷很小，仅能钻进两个人。支起了帐篷，我在里面铺了张大纸板，垫上防水的垫子，在我看来已经有些折腾了，不过跟美国人一比，这条件就好比无家可归者一样。四周美国人的帐篷很大，有的很豪华，连狗出入的洞都有。有的还带来餐桌，简易烤箱，等等。帐篷里，大部分都放着气垫床甚至简易行军床。这中间有种说不出的反讽：特意跑出来露营，又差不多把小半个家搬了过来。

入夜，我们点着了篝火，在上面烤棉花糖。小孩子烤着，吃着，然后兴奋地追逐打闹。到了八点，所有人又全聚到一块空场地上，举办集体篝火晚会，听小伙子们讲吹牛故事，看小朋友表演只排练了五分钟的节目。回到营地，大人们围着篝火在闲聊。邮递员说自己每天步行八英里挨家挨户送信，有家长说亲戚是海豹队队员，被下令跳进阿拉斯加冰冻的水里受训。

孩子们追逐着，呼啸而来，呼啸而去。跑热了就脱掉外套，这样一冷一热，我怕是要着凉，便要儿子和我先入帐篷睡觉。我把厚睡袋给了他。

夜间我自己冷醒了，再也睡不着。大概一个钟头后，儿子也醒了。可能是早先脱衣受了凉，也可能是野餐食物不卫生。他说肚子不舒服，摸索着坐起身，吐了起来。黑乎乎的夜里，这是一场小小的劫难。我点着野营灯，却因帐篷太小，站起来的时候一脚踩了上去，灯断成了两截，却身残志坚，仍旧亮着。

帐篷已经不能再睡，我只好给儿子穿上衣服，去停车场取车。

去停车场要走一些路，我一会儿抱着他走一下，一会儿背他一下。后来我想像从前那样，让他骑在我肩膀上，我扛着走。走不了几步，我自己扛不住了。

走在石子路上，迎面有一汽车开来。在那强烈的光里，一个中国父亲，打着半截的灯，背着个生病的孩子，在这黎明前的黑暗里，在路边行走，我想这景象对于那司机来说一定很是奇特。而我想起小时候父亲带我们看露天电影，大家陆续从田埂上掉进田沟的情形。被战胜的困难就转化成力量；而成为了过去的狼狈，则是新的笑料。天亮后我发现，儿子的鞋子丢了一只，但是不知为何，我却找到了三只袜子。

到了停车场。儿子上了车，感觉好了很多，在后座上睡着了。这时候听到远方土狼（coyote）的嚎叫。那声音尖厉、悠长，一声落下，别的土狼又给续上。难怪土狼又被称作歌犬（song dogs）。科伦·麦凯恩曾在小说《歌犬》中写道，印第安人认为世间本无一物，是歌犬一声声把世界给叫了出来。

我在那黑暗里醒着，听着歌犬们此起彼伏的长啸。

中

万物有灵且美

阿猫阿狗

我们据说比其他动物高级，可是其他动物不晓得仇恨。

——猫王

两个孩子一直吵着养只小狗，作为哄骗他们接受搬家的手段，我们就按照他们的话，领来了一只小小的吉娃娃。

当然，养只小狗，主要是为了培养孩子的责任感，让他们学会照顾除了自己之外的其他生物。有一天孩子们会长大，脱离父母的照看，他们需要照料自己，照看家人。这个目的其实没有达成多少，因为渐渐地，狗的很多事情还是我在打理。我经常会因此悲叹自己的命运，不但要上班，还要赶写一些稿子，还要洗碗，吸地，现在好，还要遛狗，还要给狗洗澡以免生虱子，虽然我自己的澡我都懒得去洗。当然，狗也给了我很多灵感，它好比一本长了四条腿、会摇尾巴的书。我们这里几乎每个人家都养狗或者养猫,每次有消防车呼啸的时候,小区的狗全叫起来,此起彼伏,如狗的交响乐。

这狗已经养了几个月。一开始来,才一个多月大,牙齿也没有长好。我们缺乏经验,买的狗粮又干又硬,狗难以咀嚼,不愿意去吃。我们于是给它买了小小的火腿肠。它很爱吃,过了几天,又吃厌了。换个新的花样,开心几天,然后又厌倦。如此反复。

有时候,朝外的大门开个小缝,它就跑出去。它可能会以为邻居家狗粮更好一些。它没有意识到,作为一条野狗,它的日子会非常悲惨。它不喜欢吃我们的狗粮,可外面可能这种难吃的狗粮都找不到。德克萨斯西部一马平川,昼夜温差大,夜间颇为寒冷。出去之后,外面也不再有温暖的小狗床让它来睡。邻居家的大狗,外面的野猫、浣熊、臭鼬、响尾蛇,都可能成为它的天敌。马路上有呼啸而过的小车、校车、皮卡、装马的货车、UPS 的送货卡车,都有可能让它一命呜呼。我儿子都懂这个道理。每次它溜出去,儿子就大惊失色,想尽办法给抓回来。我们不知道怎么跟狗交流,让它知道外面的世界并不精彩,而是很凶险。我儿子甚至下载了几个口语翻译器程序,但显然这些程序都是笑话,没法让我们和狗交谈。

溜出去后,狗会跑到邻居家门口,在他们的花园里嗅来嗅去。它甚至跑上马路。我们家临近一条高速公路,公路的对面是一个巨大的牧场,牧场上有成百上千头牛。有一天清早,我开了门预备上班，它敏捷地溜了出来，一路狂奔，过了马路，然后七绕八绕，上了和门口公路交叉的高速公路，然后过了公路，跑到对面牧场。不知道狗为什么要过马路，这年头谁又知道鸡为什么过马路呢？这个世界有些秩序，但是更多的是荒诞和扯淡。

我于是也跟着，穿过高速，追这条该死的狗。我一直追到牧场的篱笆边。当我和小狗到了篱笆边，吃草的牛愣了一下，然后惊吓住，全狂奔起来。平时这路上只有车跑来跑去，除了牛的主人，这些牛看不到别的人。我拿着一把耙树叶的耙子站在那里，突然感觉自己像是从天而降的二郎神和他的天狗。所有的牛都惊吓住，掉过头，向着东边跑过去。牧场的尽头便是地平线，太阳刚起山。上百头牛，直接奔向太阳的方向，如同《红河谷》里的牛马奔腾。

狗渐渐长大，体重从一磅长到两磅，然后是三磅，然后是四磅。它的腿渐渐茁壮，跑起来飞快，一撒手会变得像猎豹一样。我儿子平常不怎么锻炼，我也已经人到中年，略有赘肉，骨质疏松，肩关节疼痛，哪里跑得过它。我都在考虑，是找附近渔夫撒网，还是找牛仔学抛索，以便于能更快地抓住案犯。

这个问题已经持续了几个星期，无计可施。我担心，有一天，它会跑丢。这狗对危险的防范意识不足，可见智商不高，丢了能否找回来都难说。兽医在它皮下装了个微芯片，如果被人送回动物庇护所，可能还找得回来。可是平常人见到了，没有这个微芯片的阅读器，说不定丢了就丢了。

事情后来有了些异样的转机。有天晚上，院子里有异样的呼呼的声音。开灯一看，原来跑来了一只猫。这是一只很平常的猫，皮毛灰中带黄，比小狗大多了。狗远远地看着，紧张地跑来跑去。猫无所顾忌，在露台上看着我，叫着，接着两只前爪抓住外面的防蚊屏风，身体直立起来。我把后门一打开，它赶紧钻进来。进来后，猫根本不把自己当外人，大摇大摆地在厨房里边到处嗅，看上去饿坏了。我老婆突然想起狗不吃的狗粮，抓了一把扔出去。猫立刻跟着出去，津津有味吃了起来。

此后每天，我们后院的门若开一道缝，这猫立刻就会钻进来找吃的。该猫轻功十分了得，一不注意，它就从地上跳到椅子上，从椅子上跳到桌子上。

我不知道该怎么样对付这只猫。它显然是从后院篱笆的什么地方偷渡进来的。它应该是一只野猫，缺吃少喝的，外面也很冷。我要不要收留它？我有没有精力收留它？要是收留，狗会怎么想？

面对一只给狗粮不吃的狗，和一只吃狗粮的猫，我怎么做，才能够心安理得呢？说起用处，两个动物都没有什么。巴掌大的吉娃娃，没办法看家护院。家里暂时也没看到过老鼠，也不要猫来抓。它们都是普通的狗猫，不是杰出人才类别。

但是，当我打开门，抓了一把狗粮给猫去吃的时候，小狗也跟着猫,吃起原本买给它的狗粮了。世界上的很多东西,只有他人来抢的时候,你才会珍惜。这就是没小三的时候老公是根草,有了小三之后他被当成宝的原因所在。

多了一只野猫,没料到过了几天之后,这只野猫又引来了第二只野猫。这只野猫是黑白两色的花脸,也不知什么道上的。

后来我发现,我们这个城市一向野猫肆虐。我校的球队,名字就叫 Wildcats。校园里就有大批量野猫。它们藏在学校各种各样的涵洞里。学生们出于爱心,从食堂出来的时候,有时会带些吃的出来,扔在洞口。这使得学校成了喵星族乐园。前日,我在推特上看到一个学生抱怨,说一只母猫,跑到他的卡车车厢里生了四只小猫。他到处打听,这事该找谁解决去?没谁解决,除非是面临猫口爆炸,学校突然决定设立野猫计生办。目前,我家后院和工具棚,已经沦为野猫的殖民地。晚上它们在里面干架,叫春,还设法解决自己的性生活问题。人家过几年满园桃李芬芳,我家恐怕会是野猫成群。这一切,不过是当初为了让小孩高兴。朋友们,当孩子们找你要什么东西的时候,你要记住:道生一,一生二,二生三,三生万物。

会飞的火鸡

美国人烟稀少，非但人与人竞争没有那么激烈，动物都比国内动物傻一些，不怎么怕人。小松鼠，到处都是，春去花还在，人来鼠不惊。我们学校的池塘里有群鸭子，但是附近光秃秃的，不适合生儿育女。前年，一个鸭妈妈鸭母三迁，选了个非常好的地点——找到我们图书馆门口一棵柏树下，做窝，孵蛋，面对南来北往的学生客。后来小鸭子孵出来，鸭妈妈率领一众子女，回池塘去了。恰巧图书馆员克里斯的太太推着童车经过，为了防止鸭子在路上被车压着，于是童车开道，一路护送，人妈人孩，跟着鸭妈鸭崽，倒也是动人的一景。

我们附近有群野火鸡，最近成了社区常客。这群火鸡是我市名流，一说附近很多人都知道。野火鸡们感恩节之前不知藏在了哪里，节后出现了，神气得很，仿佛刚从感恩节大餐里被特赦了一般。我第一次看到是送小孩上学的时候。火鸡把左边的整条车道都给占据了，对面来的车辆无可奈何，一个个停下来等着，按喇叭。这些呆鸡根本不予理睬。此后连续数日，它们在学校门口草地上吃草。

接着，它们开始出现在我们小区了，一家一家的草坪上开始有组织有纪律地扫荡。那神态整个一旁若无人的样子，仿佛我们小区的产权已经转归了它们所有。我开车匆匆经过，看到了总要慢下来，想想这些长了翅膀的游牧民族，又不种，又不收，也不知道明天在哪里，照样活得悠闲自得，我不由肃然起敬，圣灵充满。

但是火鸡的存在，小区的狗不干了。这些狗心里想：哼，这是我的地盘，爷不让你来，你们就别来；听别的狗说，你们这些野火鸡咬起来也不怎么好吃，野味太大，我还是喜欢吃沃尔玛买回来的狗粮。于是狗们就商量好了，要采取一些行动。

昨天我放假在家里，突闻一阵狂吠，又听到呱啦啦的叫声，然后是“停住”、“回去”这样的人声。儿子跑去一看，说是所有散了绳的狗都在追火鸡，火鸡四处乱窜，所谓鸡飞狗跳的盛况，活生生出现在我的眼前。人说美国是好山好水好寂寞，野禽、家畜和人类在一起，如此的喧哗和骚动，我还真没见过。于是我也统帅着我的儿子，抄起我的 iPhone 赶过去，共襄盛举。

但此时火鸡已经被赶到了我们屋后，我们于是从后门篱笆出去，可惜我忘记了篱笆门上锁的密码，试了好多次才打开，冲出去一看，火鸡居然有的上了树，有的上了房顶，狗们已经被主人一一牵回，仍不肯罢休，有的狗前爪搭在篱笆桩上，仍狂吠不已。谁知道是在恐吓火鸡私闯它们的地皮，还是为自己在篱笆后面的郁闷日子而怀疑狗生？

而那群火鸡发现局面已经得到控制，遂俯冲下来，其状颇似老鹰。下来后，它们又聚集到一户人家的草坪上，啄将起来。仍旧是那样的逍遥而悠闲，让人好生羡慕。羡慕完了我又纳闷，作为一个高等哺乳类动物，我怎么羡慕起火鸡来了？

笼中鸟

回到家，看起了《日瓦戈医生》，看日瓦戈医生在莱拉和冬妮娅之间挣扎。这部电影我看过很多遍，印象深刻。俄罗斯三弦琴的配乐，让人透过现实，走入人生新的境界。这个过程颇为奇特，纯属艺术的神奇：日瓦戈医生是一个无助的知识分子，被时代的潮流冲刷得东倒西歪，如若浮萍。按今人标准，他是一个不得意的人，但他历经劫难，却仍然热爱生活，理想主义的色彩一点没丢，他身上有那种被称作"人类精神"的东西。每当我生活失意和苦闷的时候，我就找来这部电影看一看。它让我的心灵苏醒，千万部励志的影片，也不及这一部彷徨的浪漫史诗。

看完电影，忽听屋外哗啦有声。起身朝窗外看，是一只鹦鹉，用嘴不断拨拉着笼子的门。这只鹦鹉是一只母鹦鹉，天蓝色羽毛，夹杂着白色，所以孩子们给它命名为"蓝天白云"。另外一只鹦鹉，是绿色的，名叫“翡翠”。

蓝天白云不间断地用嘴巴推着笼子门，每次都能移动一点。那小小的鸟脑子显然不够使，由于用力方向不对，看样子永远也打不开。只是它不停在努力着，如同西西弗斯推石头上山。不过谁知道呢？或许，在没有希望的日子里，做这种无用功，便是唯一的生活方式。

我知道蓝天白云为什么试图打开门。几个星期以前，我在喂食的时候，门忘了关，蓝天白云飞了出去，在客厅、厨房里乱飞，我和两个孩子在家一起抓，终于给抓了回来。回笼子后，蓝天白云激动地跟翡翠叫着。我没有专门学过鸟语，不过粗略地理解，它的话大概和自在的飞翔有关。

时近春末，若没有龙卷风的侵扰，这里春光浪漫。我经常把鸟笼子提到院子里。院子里有紫色的鸢尾，白色的芙蓉，还有一株色彩瑰丽的玫瑰，在慢动作绽放。知更鸟成天在枝头叫唤。小鱼池上方斜着一棵山茱萸。枝杈上总栖息着两只红雀，看着锦鲤，沉思着“子非鱼，安知鱼之乐”之类的话题。新的竹笋在拔节，老竹子在长新叶子，林子里一片青翠。地上的枯叶里，有黑鸟在地上扒拉着，同时在发出各种评论。这个杂乱但生机无限的小院子，便是一个小小的生物圈。动物界的戏剧在上演，生命在循环。

在这喧嚣和骚动的春天，一只曾经出笼的鸟儿，让它们重新困在笼子里，是一件颇为残忍的事。不知这么想究竟有多虚伪，但我总觉得鸟是单纯的，没有那些背叛、欺诈和贪婪，不似人类。有人说过：“我和人类打交道越多，我就越喜欢狗。”想想也颇能理解。

孩子们回家后，我告诉他们，把蓝天白云放掉吧。为什么由着它这么艰难地试图越狱呢？孩子们被我说动，决计把笼子打开放生。我把这善行交给了他们，自己回去午休。但是一会儿他们回来说，翡翠飞走了，蓝天白云还在。

这真是奇怪，该飞的没飞，不该飞的飞了。孩子们说，鸟飞篱笆上了，到邻居那边了。我走出院子，绕到邻居家屋后，没有看到小鸟，但是听到了那熟悉的声音。院子中的蓝天白云也在叫，两相呼应。循着声音，我在后面小水沟边的林子里找着。这么做有些荒唐，也有一些机械，只不过我得把阴差阳错的结果，用什么办法给纠正过来。暂时的想法，是想给抓回来，或许再试一次，让想离开的离开，让想留的留下。笼子外的生活，不是所有的鸟儿都能适应，最好还是让有些经验的鸟儿飞出去。

不一会儿，翡翠飞到了靠近我们院子的一棵山胡桃树上。山胡桃树和一棵雪松挨着。我端来梯子，爬上雪松，顺着梯档一样的树桠，快跑到树梢。我看到浓密的树叶中间有一个很大的鸟窝。这时候我的衣服被一棵死树杈钩住了。我的一只脚悬空。小时候我特喜欢爬树，但是如今已经不再是个顽童。假如我从这树上跌落下来，有个三长两短，没有人会知道这是为什么，这可能是最为诡异的死亡。于是我爬了下来。找了根长竹竿，想把翡翠赶过去，但是显然不能成功。翡翠在枝头叫了叫，它的伙伴蓝天白云在呼应着。

一会儿，那浓密的树冠里，我看不见翡翠了，但是见有一侧树叶在动。等了好久，才看出是一只知更鸟，在吃虫子。

我这时候突然想起，翡翠刚才是和蓝天白云道别，然后就走了。蓝天白云试图打开笼子，是要让未曾尝过自由飞翔滋味的同伴去飞，宁可自己留下来。或许这只是我的猜测，或许这只是一种心理投射。这些年在美国，一路走得很不容易。好多事情非常无奈。人生有时候好比一个大鸟笼，外面风光无限，你在生活的笼子里无枝可依。

翡翠飞走了，我又为蓝天白云悲哀起来。那鸟或许还会回来，或许永远不再回来。不知道结果怎样，透过蓝天白云在笼子里忧伤地鸣叫，《日瓦戈医生》中那三弦琴的音乐，又在耳畔响起。

美国鸭

学期中间的一个中午，我去食堂吃饭。路上遇到一位老师，问我："你从哪里来？"

我问他这是不是一个哲学问题。这老师平常话不多，一句就是一句，也没什么上下文，每次都让我揣测一番。

他说不是，问我是不是中国人。美国人分不清亚洲人谁是谁。

我说是。

他又问："听说中国人喜欢吃鸭蛋？"

我又想，这是教育问题、文化问题，还是政治问题？前一段时间看CNN上有过介绍，说美国人觉得最恶心的食品中，居首位的是用鸭蛋做出来的皮蛋。

他告诉我，他家有一些鸭蛋，问我要不要。他说他们不吃鸭蛋，也不知道怎么吃。我说要。然后过了几天，他就带给我一打鸭蛋，我给腌了。

接下来的那个星期，我去科学楼，路上又遇到他。他又问："你往哪里去？"

我说你的问题怎么老是这么意味深长，大家笑了一笑，然后他问那一打鸭蛋我吃了没有，味道怎样，我说不知道，腌了，还没吃。他问怎么腌，他说从来没听说鸭蛋还可以腌。我于是兴致勃勃地告诉他腌制鸭蛋的过程：开水烧开，放五香八角和盐，把鸭蛋放进去，最好事先在烧酒里滚一滚，然后这么浸泡着，若干天后食用。他觉得这很简单，就走了。

鸭蛋腌了十几天后，我吃了一个，还没入味。于是没再管它们。

其时已是五月，我回国了一趟，参加赛珍珠研讨会，并去南京和杭州签售《知识不是力量》一书。

等我十几天之后回来，再吃鸭蛋，发现味道已经全部进去了。这真是好消息，我们已经在异国他乡，自主研发咸鸭蛋了。

但此后，这位老师再也没卖鸭蛋给我，估计是从我这里拿走中国腌制鸭蛋的尖端技术之后，自产自销去了。这真是知识产权的巨大损失啊！

不过天无绝人之路。回国之前，我也收到从事学生工作的艾米发给所有员工的信——我们这是个私立的小学校，像一个亲密的大家庭一样，谁家丈夫得前列腺炎了，谁家老婆的大表姐得癌了，我们都知道，这些来信是要大家为之祈祷。艾米的信就是这样的诸多信件之一——问大家想不想要鸭子。有一户人家，要送出一些鸭子，让一个友善的家庭去“领养”。

我对镜子一看，发现自己很友善，符合条件。另外，我早想着要养鸭或者养鸡。不过在这里养鸭或者养鸡，和我们当年养鸭养鸡又是两码事。这里的鸭子，不是产蛋机器，而更多是一种观赏动物。

俄克拉荷马地广人稀，公园、湖泊里鸭子都很多。我们学校的池塘里也有野鸭子，还跑到图书馆大柏树下做窝，抚养下一代。孵出小鸭子后，带着小鸭子，一路回到池塘，路上被图书馆员克里斯的夫人看到。克里斯夫人用童车推着自己的孩子，看到鸭妈妈带着鸭宝宝回池塘，途经图书馆前小停车场和圣经学院前大停车场，一路凶多吉少，顿时母性大发，掉转童车方向，把鸭子一路护送到池塘。

在很多池塘里，都有这种浪漫栖居的鸭子。惭愧的是，作为一个老中，看到鸭子，总摆脱不了鸭蛋的联想。我一博友说过：有中国留学生刚到加拿大，把公园池塘里的鸭子逮回家杀了，鸭毛丢垃圾桶里，被清洁工看见，控告，留学生被抓了，到监狱里关了几天，回头感慨，说监狱条件比他刚离开的大学宿舍好。

不过收到艾米信的第二天我要回国。我问她是现在我过来把鸭子领回家呢，还是等我回来再说。她说现在鸭子也还小，还得在什么孵化灯下看着，等我回来再说也好。我想美国的鸭子真是娇贵，还要孵化灯。

于是我就回国了。在南京签售之后，我回到老家。

我们老家，是桐城禽类养殖基地，有很多鸭棚子，还生产皮蛋、咸蛋等。我的亲戚和老师中都有养鸭的大户。假如我把两只鸭子一公一母捉回家，我让它们面朝屋后的竹林、小溪，春暖花开，快速生长，长大了，就生下了鸭蛋。我要借助我老家的雄厚技术力量，了解鸭子怎么孵化，然后我让鸭子把鸭蛋孵出来，变成一共七八只鸭子，甚至十二三只。然后它们又开始下蛋，我再让它们孵化，然后再下蛋，再孵化，再下蛋，再孵化，再下蛋，再孵化。不久，我屋后的树林里，满山遍野跑的都是鸭子。我每天早晨起来，在林中漫步，遐想，然后一路捡鸭蛋。

我的后院，以前总想种点菜，但是不成功，我想养个别鸭子总是可以吧。菜是由于阳光不足，总是长不起来。今年更惨。我种了西红柿和辣椒，一颗果实都没有，还被冰雹砸完了。上周，我们夫妻的一次争吵中，天降烈怒，突然下起冰雹。这冰雹大珠小珠落玉盘，十面埋伏，砸向我们屋顶。后来发现屋顶没事，几棵苗条的菜全给砸死了。吵架是寻常事，我们家神奇的一点是，一吵架，天气非常配合，给的都是壮丽恢宏极有悲剧气息的背景，要不电闪雷鸣，要不龙卷风呼啸，要不飞雪连天，还有一次事后发生了四级地震。我都不知道我们是不是不小心打通了人世间和自然界的任督二脉。当时的场景，原封不动拍下来，随便配上点什么音乐，做成电影，我作为一个悲剧英雄，拿个奥斯卡最佳男主角奖，对方辩友拿个最佳女主角奖，都不费吹灰之力。

可是，如果养了太多的鸭子，生活一地鸭毛，那我最多只能回国拿金鸡奖。我又对自己生出一些不屑来，觉得这是不爱惜环境，成天想着吃的。都这么搞，再好的环境也经不住折腾。还是留一方净土吧。据说冰岛人都不肯把岛屿卖给我们这些人。

说实在的，我不过是想领养两只小鸭，陶冶情操而已。人和人之间挤在一起，总是问题百出。我们需要像徐志摩那样，去仰望群山的苍老，让阳光渺出我的渺小，让小草在我的脚下，停在路隅，去倾听空谷的松籁，去看白云盘踞，或看它转眼间忽又不在。总之，我们需要寄情于大自然，以摆脱各自的渺小。人生不顺的时候，去亲近大自然，去田间或草坪上劳作，能解决很多问题。你见过几个农民和矿工得抑郁症的？盖瑞森·凯勒（Garrison Keillor）在《草原之家》的一期节目当中说，忘忧湖那一带有位女士，春天到了，出门上班，叮嘱丈夫把家里牛粪土拌一下，放花圃准备播种。她丈夫拌着拌着，看到一个邻居，歇息了一会儿，攀谈起来。说着说着就聊起了美国的叙利亚政策，最终一事无成。女子回家，发觉人还是人，牛粪还是牛粪，于是抄起铁锹，愤怒地、疯狂地拌着牛粪，累得香汗淋漓。等洗了个澡，又觉得婚姻可以继续了。凯勒说这种维护草坪、种草种菜的粗活重活，能释放人的坏情绪。那些整饬有序的草坪上的青草，都是愤怒的结晶。尚不知纽约、东京、上海那些没体力活可做的白领，日子是怎么撑下去的。

哦，我是说鸭子的。不扯了。

在从上海到杭州的车上，我给尹部长说到捉鸭子的事情。他建议我去找市政管理部门问一问，否则被人投诉怎么办？我一直觉得神奇，尹部长英文只会两个词，hello 和 fish，不知是怎么知道美国这些文化习俗的。

而且他说的还真没错。

回美国之后，我打电话到爱德蒙市的市政府，问能否在庭院里养两只鸭子。市政府接听电话的人把我的电话转到市政法规检查部门(Code compliance)。我想我这是来自投罗网了。

这个部门的人回答了我的疑问，说市区之内禽类不可养。

我问：没有例外吗？怎么我认识的一个孩子得了艾斯伯格症，他妈妈还给他在市区院子里养马？

她顿了一下，问：你地址多少？

我给了她地址。

她说你不属于这个城市。

我怎么不属于这个城市呢？我属于哪里？我是谁？

她说你这是属于俄克拉荷马城。我这才想起来，我是在俄克拉荷马城和爱德蒙之间的城乡接合部。水电我们归俄克拉荷马城。俄克拉荷马城属于城区，穷人多，所以水电便宜。

但是学区的规划，又和行政区划不统一。论学区，我们属于爱德蒙，这是本州最好的学区之一。这种意外的好处，一开始我们并不知道，我日理万机，哪有工夫管这些日常生活中的破事，但是傻人自有傻福。

由于我不归爱德蒙管，她给了我俄克拉荷马城的相关电话。

俄克拉荷马城的那个相关部门叫“执法中心”(action center)。我估计这个中心，是接到邻居投诉后，出来干预、罚款等，约等于我们的城管部门，不过通常是叫人限期把家里非法养的鸡啊鸭啊，或者是海龟啊，长颈鹿啊，蟒蛇啊等各种邻居投诉的珍禽异兽迁走，否则上法院交罚款。这是一种比较文明的城管。他来执法，你都看不到他人，在你门上贴个条子，你乖乖拿条子去交罚款。你不交罚款恐怕会引起连锁反应，所以他们不需要去野蛮执法。在美国除了你呼吸的空气，别的什么都跟你的社会安全号联系在一起，赖也赖不掉。你在院子里养一只袋鼠，最终由于你不交罚款，可能你的银行都会接到通知，把你的房产冻结。

总之，俄克拉荷马城管队的贝思接了我的电话。

我说我要收养两只小鸭子，行还是不行，家禽类可不可以养？

她问我地址在哪里。

我给了她地址。敲击键盘的声音。停顿。“不行，你们这里是一区。不属于农业区域。”

“有无例外的情形？”

“你家有池塘没有？”

“有一个养锦鲤的，”我说，“不过不是很大。”

“如果野鸭飞进来，我们是控制不住的。”

我如实相告，不是野鸭，是家鸭。有人委托我收养家鸭。我总不能改变人类驯化的历史。

“还有一个办法，你家有没有一公顷地？”

我不愧是念过小学的，知道一公顷十五亩，我要有这么大的地，那都地主了。

我说没有。

此事于是作罢。不过我觉得很不对劲。我问一个同事：“人为万物之灵长。作为人类之一员，我都没有一公顷的地，为什么鸭子要有一公顷才能养？是不是对于自然过于虚伪？那些穷人，饿得饭都没得吃，你们怎么不把心思放他们身上去，对他们好，管这些鸭子住得舒服不舒服做什么？为什么要对鸭子比人还好？”

他笑曰：“可是你几时见鸭子在家里造导弹来吓人？”

忍者神龟

在美国钓鱼，多数地方要持证。这钓鱼证二十几块钱，在沃尔玛卖钓鱼竿的地方就可以临时办。但是有些湖属于城市，城市还规定你得另外办证。而城市下面一些公园，你进去要买票，比如我们这里的阿卡迪亚公园。最坏的情况，是你去一个公园里钓鱼，得“三证齐全”。在美国过日子，就得忍受这种复杂化，别以为这里是个小地方就可以乱来胡来。

不过我听到的一个说法是，钓乌龟和鳖不用办证。美国的鳖和乌龟还很多。我没听说有什么美国人吃过。乌龟在美国多当宠物养，就跟狗一样。我估计吃乌龟吃鳖，他们会视同吃狗。我也没看到哪家中国人吃乌龟和鳖。

可能是因为不用办证，钓的人却总是有。老兵纪念日那一天，我儿子去朋友家玩，那个小区一美国小伙子，钓了八只乌龟。他自己留了些，别的送人。一群中国小孩围着讨要。

也不知他是用抓阄还是什么办法，送了两只给中国小朋友。我儿子幸运地分到了一只，拿回家当宠物。

我给放到池子里。我们池子里有几条锦鲤，还有一条金鱼。这只老龟一下水，就游得很欢，不过一群鱼围过来，乌龟的头一摆，鱼全吓跑。我也不知道这池子是否适合它，于是又给捞出来，放石头上，谁知道这龟就好比跨栏一样，哗啦啦从上面石头上跳到下面石头上，然后扑腾一声跳进水里。后来它自己也爬上来，又跳下去。我们饶有兴趣地看乌龟跳水。

可惜好景不长，一天过去，发觉乌龟不见了，我和儿子打着手电筒到处找都找不着。我想我的池子很浅很适合它啊，又没有人来钓，用儿子的话来说，简直是乌龟的天堂。不知为什么它放弃了优厚待遇，毅然回国了。

我们有些不舍，可是也没有办法。我儿子次日还在电脑上画了一只乌龟，写着："我会永远怀念你。"小动物有时候能把孩子内心的良善激发出来。

可是又过了一天晚上出去看，发觉那龟又回来了，在水里愉快地游着。我们大喜。它喜欢待的一个角落，鱼也不去，就这样大家开始相安无事。我不知道这只浪子一般的乌龟，出走的那一天是怎么想的，最终它回来了。这究竟是一种本能，还是一种深思熟虑的选择？

这些动物，越来越让我感觉万物有灵且美。过去我觉得养宠物是闲着没事干，现在我越来越发现，动物给人带来的失望和伤害，远不及我们人类彼此之间。每一个牵着狗在外面散步的人，都有曾经严重受伤的内心。

大盗浣熊

屋后有些绿化，野物也不少，常会看到知更鸟、北美红雀、蜂鸟、猫头鹰、啄木鸟，有时候还能看到兔子、松鼠、负鼠……不知什么动物，开始偷吃我放在外头的鱼食。此鱼食是用来喂养小池子里几只鲤鱼和金鱼的。我把这食物装在一个塑料瓶子里，瓶口用螺旋式的盖子封着。偷吃的动物想必足够聪明，不然也打不开。

我把盖子旋紧，次日发现，瓶子的一侧有个小小口子，鱼食不翼而飞。看来这野物咬穿了塑料瓶，将鱼食倒出来吃了。我没法二十四小时监控，不知道这是什么动物，什么时候出现，好将其捉拿归案。

忽一日深夜，我在书房看书，听得屋子外窸窸窣窣。出去一看，终于发现了元凶：一只身子像肥猫、嘴巴却尖尖地像狐狸般的野物，正把我放在凳子上的鱼食瓶子推下去。我打开灯，它愣了一下，有些惊诧，却未拔腿而逃。它给我的感觉是一种无所谓，仿佛自己在做着什么正当大事时被人打搅，而显得有些不耐烦。我跺跺脚，它抬抬头，似乎在说：懒得理你。然后又低下头，用两只前爪，抓起鱼食的颗粒，在嘴里嚼得格格响。

在美国生活的小孩，对人没什么戒备，回到国内，据说博得了“国际大傻”的荣誉封号。这里动物也是一样。松鼠、野火鸡、狗，没有多少怕人的。我们小区的野火鸡，在小区的草地上一家一家地扫荡，成群结队大摇大摆地过马路。开车的人全把车停下来等它们过——如此娇惯，它们甚至开始变本加厉。去年就有一群野火鸡围攻一个上学的小孩，将其扑倒。

眼前这野物，就是这样肆无忌惮地、无所顾忌地在吃着我的鱼食。我跑回去拿手电筒，对着它照，同时用手机拍照，这厮也不怕曝光，根本不后退。对着灯光、衬着黑暗，那双眼睛晶莹雪亮。我照我的，它吃它的，淡定得仿佛这世界是它的，而我不过是一闯入者。想想也是，我在这里才住五年，它祖祖辈辈在这里不知道生活了多久。它是原住民，我是闯入者。

我没弄明白这是什么动物，次日将照片给女儿看，她说是浣熊。她说偷我们的鱼食无所谓，要是把我们的鱼吃掉，她开玩笑说：“它就有可能变成我的手套。”——浣熊的毛皮是珍贵的皮草材料。不过千万不能让小孩接近这样的动物。我查了一下资料，发现该熊颇有些攻击性，难怪不怕我。我估计我在拍照的时候它也在纳闷：这人怎么不怕我？

又一罐食物被吃完后，我开始将鱼食摆在家里，不给浣熊吃了。次日早晨发现，儿子做的恐龙生态立体雕塑作业完了，地上一片狼藉。显然，浣熊看我把鱼食拿回家，恼羞成怒，于是将此作业毁了。我跟倒霉的儿子讲，告诉老师，说你的作业被浣熊毁了。他苦笑：这太像借口了。

要是我当初就不把鱼食放外面让这浣熊偷，最后它怎会这么愤怒，毁了孩子的作业？一斗米养仇人就这么来的。

招蜂引蝶

通常情况下，我不是那种招蜂引蝶的人。但是工具棚里面出现了一窝马蜂，我去拿工具的时候，它们就会在我周围绕来绕去。不巧家里最近不断有人来看房，如果不慎被马蜂蜇了，那么不但房子卖不成，还会惹祸上身，赔偿他人。

捅马蜂窝也不是一件容易的事情。我老家的小村里不久前就遇到黑蜂恐怖袭击事件。我们家对面树丛里，有一窝蜂子，做的泥蜂窝长达一尺，状若倒吊水罐，村民叫这种蜂吊罐蜂。蜂身黑色，其状可怖。有一天，有村民冒着危险，穿着长衣长裤，准备去捅吊罐蜂，黑蜂受到惊动，见人就追，村民开始四散奔跑，但是黑蜂紧追不舍。有的被蜇得痛不过，滚下水田，头插到了泥里，还是被蜇了多下，好几个村民因此住院。后来没办法，打电话叫来了消防队，消防队把它们给除了。

乡下这几年这种古怪的黑蜂黄蜂很多，蜇起人来非死即伤。这种黑蜂会不会是胡蜂，或曰杀人蜂？我查了一下资料，提到杀人蜂出没的地方多为南美。1956年，圣保罗大学研究室引进了三十五只非洲蜜蜂，实验室门口都装了铁丝网。有个保安人员不知内情，误将铁丝网弄了下来，转瞬就有二十五只蜜蜂逃脱，繁衍开来。一旦繁衍开了，人可就难以控制了。巴西非洲蜜蜂越狱之后，和野外蜜蜂交配，成了令人恐惧的“杀人蜂”。人和动物受袭事件时有发生，甚至成为公众事件。

想着这些事情，眼睛看着工具棚里拳头大的蜂窝，和上面蠕动的诸多蜜蜂，充满惶恐。我在琢磨到底用什么方法消灭：估计我可以烧一壶开水泼上去，但是那个高度和位置，搞不好会洒下来把自己烫伤；火攻也不行，因为工具棚材料像是塑料的；泥巴我也找不到那么多糊上去。最后我想起了万能的Youtube，就上去看别人是怎么解决这个问题的。很多人都提到要夜间行动，这时候蜜蜂不活跃，容易受袭。大家还提到，要做好防备工作，比如戴草帽面具穿长衣长裤球鞋袜子等。很多人提到灭蜂的药。我于是跑到家得宝超市，果然找到了一种喷的药物，可以对着黄蜂去喷，说明上称“接触就死”。

我穿上长衣长裤，没有找到帽子，于是戴上“腐败分子”的一顶帽子，呈现出男扮女装之造型，拿着喷雾器去喷。

结果非常反高潮，黄蜂根本没有招架之力，喷到之后，稍微挣扎了一下，就纷纷坠落。一个追赶我的也没有。回想起我那些火攻水攻泥攻的诸种谋略，发现都不及这种喷药见效。

还是科技工具威力大。美国军事也和我们对付蜜蜂差不多，他们当然也重视军事奇才，优化作战谋略，但更大的投资，我看是在使劲发展先进武器上。

短命负鼠

有月亮的晚上，如果温度合适，我会去院子里看书。这样的一个晚上，我看得正入神，面前恍惚出现了一只白色动物，不是狐仙，也不是女鬼这些读书人在深夜读书时理应看到的东西。只不过如今读书人不吃香，连野狐死鬼都懒得光顾了，以至于我定睛一看的时候，发现面前出现的是只奇怪的动物。

它体形硕大，浑身白色，鼻子像猪，嘴巴像鼠。我想起来了，应该是所谓的“负鼠”。去年一天半夜，我邻居家的狗看到负鼠，狂吠。女邻居冲着狗狂叫，把附近的我们都给吵醒。次日她跟我们解释说是怎么回事，说看到的是“负鼠”，“恶心死的东西”。后来这负鼠没伤害到她。倒是她家的黑狗，咬了她女儿，被送去安乐死了。人类最好的朋友，有时候也反目成仇。

负鼠停住了，回头看着我。在乳白色月光下，我被一只负鼠回眸一望。看来在动物界，我还是有些回头率的。我转身去拿桌子上的手机，准备拍摄，镜头对准的时候，发现镜头里已是空地。负鼠神秘地走了，正如它神秘地来。

我取出家里的弓箭，如果它次日再来，我便将其射死。这架势仿佛在狩猎。《喧哗与骚动》里，黑人路易斯大叔也常津津乐道地讲述他提着马灯捕猎负鼠的事情。在南方很多地方，负鼠是一种食物。正如同阿帕拉契山区的有些人吃松鼠。只不过我们吃什么东西，也跟文字有关。一听“负鼠”二字，我就没有胃口了。

我儿子听说要捕杀负鼠，也跑了出来坐着等。外头有些凉意了，我说你回去吧，别在外面了。他说：我要跟你一样，像个男子汉的样子。我一向鼓励孩子多到外面院子里看看。我们院子很漂亮，有竹子有树，可是孩子们总因虫子蜘蛛，出来又发着牢骚回去。我总是跟儿子说：像个男子汉好不好，这些东西有什么可怕！

那天晚上，以及以后很多天，我再没看到负鼠。过了好久，上海有朋友来访，我们坐在后面露台上聊天。他突然指着左边说：怎么这么大一只老鼠？我一看，是一只小负鼠。我赶紧丢了一只拖鞋过去，没有砸中，跑过去一看，还在，在玉兰树的树杈上，我用拖鞋给磕了下来。小负鼠掉下来之后，一动不动，在装死，我于是捡起石头将它砸死。

次日和同事说起我用拖鞋打死负鼠的故事，大家觉得很欢乐。只有一个英文系老师、诗人布莱利说：你为什么要打死它？

“负鼠不是有害动物吗？”

“不，它们是上帝创造的最无害的小动物，只不过出来吃吃你的狗粮猫粮，甚至垃圾。看来你没在农村长大。我小时候长大的院子里常有负鼠来，我都给当成小宠物了。”

我在农村长大，只不过我们那里没负鼠。开始一看，还以为是老鼠转了什么基因，长成这样了。

是她太仁慈，还是我太残忍？后来又想，这中间还隔着些文化障碍。中文的“负鼠”一词，让人想当然地将这东西当成了和老鼠是一类。负鼠英文名为 possum，和“鼠”一毛钱的关系都没有。去查百科，发现它确实没有多少攻击性，也不带毒。布莱利可能是想到了《杀死一只反舌鸟》里的阿蒂克斯：“你射死多少蓝鸟都没关系，只要你能射到，不过记住，杀反舌鸟就是罪过。”反舌鸟实在无辜，如同小说中被人冤枉的黑人汤姆，或是被人忌讳的怪人波乌。

作为万物之灵长，对无害的动物，即便我们看着不顺眼，又何妨放它一条生路？

灭鼠

我们隔壁邻居，为了卖房，用什么“老鼠驱逐药”（mice repellent）将自家老鼠驱逐出境。鼠妈妈带着鼠宝宝，鼠母三迁，跑我们家来了。老鼠来了，猫头鹰跟着来了。猫头鹰来了，老鼠就开始躲进屋子里。有天早晨，老婆在壁橱里看到了一只。她把壁橱门关上，亲自开始追打。从气质上说，她也是猫科动物，捉拿本人不在话下，可是遇到老鼠，居然让其逃之夭夭。于是跟邻居一样，也去买了驱逐老鼠的药。只不过效果也不是特好。

我有时候觉得很郁闷，这么发达一个国家，枪支都能在沃尔玛卖，怎就不卖点正宗的老鼠药和老鼠夹呢？过去我院子里有小田鼠，我在 ebay 上买过老鼠夹子，被两只聪明的老鼠给搬走了，扔到院子外的一条小河边，我找了半天才找到，感觉跟被缴械了没啥两样。店里卖的老鼠药常常都是上面说的

"驱逐药"。老鼠吃了毒不死，而是口渴，口一渴，就跑出去找水喝，直到喝胀死。我猜这是我们中餐馆发明的。我每次吃完自助中餐，也渴得半死，四处找水喝。

这几年来，屋子里再也没有看到老鼠的任何踪迹，可是生物圈在继续，生命在循环，那么老鼠跑哪里去了呢？

去给草坪浇水的时候，发现踩在草地上下头空空的。我勘探了一番之后，发现我们家没有设黑牢，不应该有人试图从地下挖地道逃走。我想应该是田鼠走投无路，在我们草坪下打洞，开始它们的蜗居生活了。

在地下我没法亲自抓捕，于是我问同事怎么办。我有一同事，白天工作是在 IT 部门，除电脑病虫害。晚上和周末回家，他还有门小生意，给住户除虫，除的是真正的害虫，比如蜘蛛什么的。他们一般是跟家庭签约，一年在你家里外洒几次药物，保证你家大人小孩都不被黑寡妇蜘蛛或是蜈蚣什么的咬着。在美国生活，我才发现了有这种稀奇古怪的职业。

不仅有这种职业，里头分得还很细。我这位同事那时候是兼职在做，我让他帮我抓老鼠。他还不抓，说他除的是小虫不是大虫。我想我们中国人说大虫那是老虎，我又不是让你当武松。但是我们中文里头一个"鼠"字可以概括很多东西，但是英文中有鼹鼠叫 mole，普通老鼠分大小，小的一般叫 mouse，大的一般叫 rat，还有负鼠叫 possum。那么我们这位展昭同事，也不是钻天鼠、彻地鼠、穿山鼠、翻江鼠、锦毛鼠什么都抓的。

可是后来，他把除电脑害虫的工作辞了，一门心思除真正的害虫，这时候业务范围才开始扩大，兼营老鼠了。我说你抓蜘蛛之类的小小害虫，怎么抓老鼠呢？他说他在草坪上洒药除蛴螬。蛴螬是地下鼹鼠的食物。蛴螬一除，鼹鼠没活路，就跑了。

不过我又发现，他的药一洒，屋后种的黄瓜也不结了。为什么呢？因为药物毒死了昆虫，没有了昆虫、蜜蜂这些，谁来解决花的性生活呢？这么一来，花的心，藏在蕊中，空把花期都错过了。

不过人家是来给我除虫，不是管我种黄瓜的。西方的思维专业化到了让人匪夷所思的地步。教育家肯·罗宾逊说过一个笑话。他有个朋友戴夫常年喝啤酒，把肾喝坏了。去看医生，肾脏专科医生让他戒酒，他说戒不掉，做演员的哪能没有一点不良嗜好？医生说要不他改喝白酒。戴夫问，不是说白酒伤肝吗？医生说他是看肾脏的，不是看肝的。

飞鸡

有人问我翻译过的各种小说，到底有什么共同点？我发现唯一的共同点是都有人养鸡。我同样问我自己，到美国之后住的不同地方，到底有什么共同点？共同点就是各地都曾有著名的以鸡为主角的民间比赛项目。其实这也不是凑巧，而是鸡实在和人类生活密切相关，所以才会出现在这么多地方。凡有井水处，必有人吃鸡。

俄克拉荷马过去就有很多斗鸡的地方。我还在城外见过一遗址。在一块荒地中间，有不少废弃的车子，锈迹斑斑地躺在草丛中。高高的野草，有的从车轮后的缝隙里长出来，有的把轮子挡住，整个看起来像《汽车故事》电影里的汽车墓园。过了汽车墓园，前面又是一片荒地。中间有个摇摇欲坠的棚子，前面的杂草里，成排的空汽油桶，以同样的角度，斜放在草丛中。根据当地人介绍，这里是斗鸡的训练营，相当于斗鸡的奥林匹克训练基地。后来斗鸡被俄克拉荷马法律禁止了，因为在此之前，有人开始在鸡爪子上绑刀片，让鸡斗得血淋淋的，最后估计都斗死了，成了炸鸡。

不过很多州集会上的鸡比赛，稍微文明一些。过去在纽约的时候，一到赶年度大集(state fair)，就会有动物比赛，比如给山羊挤奶比赛。还有公鸡打鸣比赛。裁判数十五下，看哪只公鸡叫得次数最多。赢的公鸡会得一块奖牌，鸡主人会得到十几块钱奖金，基本上是精神鼓励。我还记得，当时有个农妇得奖后，还在当地报纸上介绍经验，说她的鸡之所以赢，是因为赛前带着鸡去有很多年轻人活动的地方。什么意思？鸡多和年轻人在一起活动，就会变得很能叫？

住在西弗吉尼亚的时候，我们和俄亥俄一河之隔。河对岸每年举办一次飞鸡大赛。大家知道，鸡被人类驯化之后，母鸡负责下蛋，公鸡负责打鸣，主营业务都不是腾飞。人们闲得很，又准备让鸡腾飞起来。这种比赛也很残酷，是把鸡放在一只邮箱一样的盒子里，放在高处，比赛的时候，外头吵吵闹闹，到了时候大家就把鸡一起放出去。总之这些鸡一般也飞不了几英尺，扑腾扑腾几下就掉地上了，甚至是倒栽葱。

但是有一年，我们马歇尔大学有两个学生无聊，花五块钱买了一只鸡去参赛。真是无心插柳柳成荫，两个学生把盒子一打开，那鸡居然真飞了起来，飞得很高，而且还在空中盘旋，一圈又一圈，一圈又一圈，一圈又一圈。

看到禽流感来袭，大量鸡无辜遭到灭杀，联想到鸡给人类带来了多少营养，多少快乐，而我们给它们的，却多为虐待和杀戮。有时候我真搞不清到底谁是高等动物。猫王曾称："我们据说比其他动物高级，可是其他动物不晓得仇恨。"

物种入侵

美国这段时间移民改革是热门话题。在动植物界，移民问题一样存在。有田纳西朋友告诉我，田纳西渔业和野生动物委员会二月份会议上，亚洲鲤鱼控制是核心话题之一。美国人说的亚洲鲤鱼很笼统，应该包括鲤鱼、大头鱼、鲢鱼、草鱼、青鱼这些。

出入一个国家的国境，是有动植物检疫的，就怕有害动植物入侵。爱尔兰整个岛上都没有蛇。圣彼得拉克将蛇放逐了出去是一说，可能和边检的严格控制也有关系。亚洲鲤鱼这种淡水鱼，本来也不会漂洋过海到美国来，但 1970 年代，美国需要清洁一些池塘，引进了这种特别能吃的亚洲鲤鱼，没想到此品种的鱼入侵性极强，一不需要办准生证，二不需要办工作签证和绿卡，直接生存了下来，和本地鱼争抢食物，且繁衍迅速，很快占领了密西西比河，后挥师北上，开始北伐之旅，直达五大湖区。狡兔死，走狗烹，亚洲鲤活干完了，现在面临噩运。联邦政府去年拨五千多万巨款，试图控制这个问题。而各州地方政府，从肯塔基到伊利诺伊，也在各自努力，围剿境内的亚洲鲤。

关于亚洲鲤的说法也满天飞。有美国人说这些鱼最大能长到一百磅。我听一围捕亚洲鲤的捕鱼人诉苦，说这些鱼会飞起来。人在湖上开船，时速每小时二十英里，如果突然有一只亚洲鲤鱼飞过来，撞到胸膛，冲击力相当于胸口被保龄球砸中。我只知道鲤鱼跳龙门一说，没听说它们还会发动针对人类的恐怖袭击。亚洲人有时候会被妖魔化，亚洲鲤鱼则被妖精化。

其实哪里有这么厉害？在那关于鲤鱼会伤人的录像中，我确实看到了无数鲤鱼跳出水面，后来发现是水里过了电，鲤鱼被电电飞的。这难怪，用电这么打，猪都会飞起来。过电后，有捕鱼人拿着手提的鱼网在捕捞飞起来的鲤鱼。美国还有“疯狂捕鱼运动”的家伙，拿着鱼叉和剑，头戴橄榄球头盔，在水上左叉右砍，对付满天飞鱼。姿势倒是优美但是不实用，更像堂吉诃德大战风车或是少年派的奇幻漂流。要是一群中国老农过来，弄张大网拉上几回，早就给解决了。

在我看来，亚洲鲤这种物种入侵的关键原因，是大部分中国人贪图享受，住在洛杉矶、纽约这些地方——因为这里的中餐馆比较好。如果大部分中国人住在密西西比河两岸和寒冷的五大湖区，亚洲鲤鱼的问题，早就被我们红烧或者清蒸掉了。

说来也怪，亚洲可能是资源紧张，什么东西生命力都顽强。我们的臭椿树，到了美国也成了入侵植物，小说《布鲁克林有棵树》说的就是这种树。它生命力顽强，水泥地上都能长出来，别人不能活的地方它能活，生生不息，所以有个漂亮的别名，叫“天堂树”。竹子也被视作“入侵性植物”。我刚买房子的时候，屋后有片竹林，很多人闻之色变，觉得这扩散起来，恐怕要引进一只熊猫才能解决问题。四年下来，竹林不增反减。何也？一来是我辛勤控制，一有中国人家种菜需要搭架子，我就砍掉一些送去。另外，春天一到，笋子冒出来，很多都被我们吃掉了。就这么一小块，我们吃上几根竹笋，就如同猪八戒吃人参果，根本不过瘾，哪有什么物种入侵问题？

修树

屋后靠近篱笆处有棵大树，一人合抱不过来，树干向南北分杈，呈 Y 形。此树根系发达，从树根部发起来的一个旁枝，都长成了一棵碗口粗的小树。由于杂乱无章，遮天蔽日，我将这小树锯掉，在树桩上架了块木板，上了油漆，做成一张大树下乘凉的小桌子。

一夜，狂风大作，北边树杈为狂风所袭，从主干上撕裂开来。风没有把活干完，根部没有断开，和主干相连。其间那张开的裂口，如轻蔑而挑衅的嘲笑。

我找来一架梯子，架到上面，拿起一把手锯，开始锯将起来。梯子很短，无法站到方便的地方去锯，我只好在树杈中塞上厚厚几大本电话簿，然后离开梯子，站到树杈当中。我一点点锯着，不一会儿就汗如雨下。锯了一点进去，因方向选择不当，树本身的重量很快压了下来，把先前锯出的缝隙迅速合起。

次日，找了别的方向下手。渐渐我发觉，这垂死的树枝有灵性。它在和我捉迷藏，我换了个方向，它的重量也从另一个方向压来，让我的锯子锯到一定深度之后就被卡住，无法深入。我试图从两个方向动手，形成两个口子，红一方面军和红四方面军分路进发，在中间合围。可树冠太大，压力超过人力，不管从哪个方向，最终都无法施展身手。锯子一度被树夹住。我要毁掉树桠，树桠要毁掉我的锯子，我们在僵持。

我站在树桠中废弃电话簿之上。不知怎的，想起了海明威笔下的老人，和那条大鱼的搏斗。这棵树不管如何被摧残，依然坚强。它成了我的英雄。我对树说，我也是自然之友，无奈你被狂风刮成这样，半身不遂，我不让你断，那边的枝桠也不健康。可是你要与我搏斗，我也只能奉陪。

我甚至放弃了去借电锯尽早结束战斗的打算。我要用自己的力量，将它葬送。没有人理解我为什么这么做，为什么不去找专业修理的公司？前前后后的工夫，若去写文章赚稿费，也够找专业公司把树收拾几遍了。只是在那一瞬的疯狂中，我看到了树的顽强，看到了万物有灵且美。

一棵中年的树，和一个中年的人，在这无人看见的杂树丛里，展开了拼搏。人到中年，生活从各方迫近，不如意事十有八九，不管是被风刮得断掉一半的树，还是日子里无端生起的波澜。寻常日子里，大家计划归计划，生活无序地发生。有时候我们不过是在收拾残局，且希望姿态优美。如海明威所言，人可以被打败，但不可以被击垮。

我坚持着，每天上梯子，上树，锯啊锯，每日挥汗如雨，几近脱水。终有一日，树冠轰然倒塌，架到外面的小溪之上，通向彼岸，如一道天然桥梁。

野草的逆袭

中南部大平原，天气变化之快如川剧之变脸表演。刚来那个月，我就一下子遇到了各种天气：先是响晴天，接着说下雪就下雪，雪还没化完，突然下了冻雨，再接着又刮起了龙卷风，这接二连三的极端天气，仿佛是给新来者下马威。花开时节，一阵风来，次日就红消香断。我家有棵玉兰，去年刚开花时，当晚急剧降温，次日起来，看到鲜花不鲜，全冻死了。

不管什么花，到了俄克拉荷马都可能变成昙花。

这些花也不甘心，总琢磨着伺机反攻。今年秋天阳光暖洋洋的，也没有风。于是，那棵玉兰重新绽放，挂满树枝，开得轰轰烈烈，开完了，又不慌不忙地抽出了娇嫩的新叶。我跑回去查了一下日历，发觉没有记错，此时是秋天，不是春天。

接着，玫瑰也盛开了。邻居家和我们搭界处种的一种不知名的灌木，也开满了红色小花。成排的棠梨，虽无千树万树梨花开的盛况，却也断断续续吐出白色小花。

很多人家的草坪，也姹紫嫣红起来。换在春天，这些花草被视作另类野花、杂草，大家或请治草公司治理，或自己买药来除。很多所谓“野草野花”，其实很漂亮。大家却将其归类为“野草”（weeds），然后除掉。真是欲加之罪何患无辞。

在美国，我多半情况下入乡随俗，在草坪上却很难接受他们的做法。养草坪破坏了生物多样性，而且为了养护草坪用药过度。这些药最终随着雨水，流进小区池塘里。如果你去池塘钓鱼，回家烹饪，搞不好药又跑到肚子里。

我老是和同事灌输我的不同看法，多多少少也影响了一些人。“谁规定百慕大草不是野草的？”中午吃饭时，听到一个同事说。

我说，在小区，不除草，邻居投诉。我邻居对保护草坪近乎痴迷。她说如果她的草坪整齐划一，我的草坪上花枝乱颤，那么我的花会随着小鸟、大风等各种渠道，把种子带到她家草坪上，让她前功尽弃。我心想，这是你的草坪没做好绝育工作，关我什么事？可为了中美睦邻友好，我还是算了。

同事说：你其实可以说，某某花，是你国家的国花，或是你所信奉的某个宗教派别的圣花，不能随便除掉，你邻居就可以闭嘴了。还是美国人知道怎么对付美国人！

老天有眼，大自然的花草和我很默契。在四周植物界的会议上，大家可能也说：是啊，这些规则都是谁制定的？大家开花的开花，长叶的长叶。秋后的繁茂，算是回光返照，邻居们和治草公司，网开一面，不赶尽杀绝。这些野草，死里逃生，进入了各自人生的第二春，然后心满意足地走向衰败。

下

他人的生活

创造休闲的环境

中秋国庆双节，打电话回家，听说返乡的人，都遇到路上堵车。大城市外面的人想过来旅游，里面的人想出去旅游，城市成了围城。又因高速公路一日免费“惠民”，高速公路堵成了停车场。江苏一位孕妇，在此期间羊水破裂，警车救护车都不能通行，结果耽误了时机，婴儿死亡。

随着生活水平的提高，休闲需求越来越大。类似的矛盾一到长假的时候就例行上演。因为区域经济差异的原因，人口的流动总是免不了，但是如能设法激活本地休闲娱乐，应该能缓解这种问题，另外还能造福本地社区，给地方政府和社区组织带来经济或社会效益。

在这秋高气爽适宜出行的季节，我们在俄克拉荷马州也发现了一些好玩的去处，而且跑的地方都不远。他们的做法，或许能启发我们的思考。十几天前，我们去了本州的集会。

这种州集会，每年九月份都会举办，时间长达十天。集上有各种地方性表演，有手工艺品、农副产品的展出，还有各种各样乡土的竞赛，如烘烤馅饼大赛，小猪赛跑，牛犊选美，赛马，等等，都是本地居民自己报名参加的。集上能吃到各种各样平时吃不到的东西，比如烤火鸡腿、现炸薯条、漏斗蛋糕等等。小孩可以坐转盘、过山车，看冰上芭蕾表演。为了避免人员集中到来的局面，集会推出了不同的门票优惠项目，比如星期一儿童免费，星期三老人免费，这样能鼓励大家在不同时间到来，而不是一窝蜂都赶在周末过来。这种大集，每个州都有，展现了各地丰富多彩的风土人情，值得一看。

这个周末，我们附近又举办了一次“野外活动博览会”(Wildlife Expo)。这个博览会是免费的，旨在宣传俄克拉荷马州丰富的野外活动。我们在这里可以划皮划艇，吃野生动物的肉做的火腿肠，认识本地动植物品种。孩子们来这里，不仅可以看，玩，还可实际动手操作。我们孩子在这里制作了两个飞蝇钩、一只鸟笼，还制作了一根绳子。这里还有很多“室外学堂”，教人如何钓鱼、打猎。我看到了老印第安人在教人制作箭头、弓箭，甚至连美国枪支协会也来参展，让人在其靶场射击。

这些活动，参与者包括公园管理处这种官方机构，也包括各种民间组织，比如皮划艇协会等。给我们制作鱼钩的机构，是一家名叫基督徒渔夫协会的组织。我们去的时候，已经到了快打烊的时候，该组织的那位参展人员忙了一天，本来准备收拾了要走。看我们两个小孩过去，工作人员说：怎么能让你们空手而归？于是又耐心地教两个小孩分别制作了一个漂亮的飞蝇钩。这些组织通过这样一些免费活动，让人知道它们的存在，这样日后周末和假日有空的时候，我们就会考虑到它们可能提供的服务，这是一种有长远眼光的做法。

我非常希望国内的各个地方，也能举办类似的一些活动，发扬地方特色，提供一些本土休闲活动。一些极有地方特色的民间手工艺，正在失传。举办这样一些活动，让人去观摩粉丝如何制作，箩筐如何编织，蜜蜂如何采蜜，生态化养殖的蔬菜如何除虫，等等，一来对本地产业是一种宣传（现在食品安全是大问题，这种现场表演制作过程，也有助于提高公众对于某种产品的信心），二来也能教育前来参观的青少年。我知道有一些地方已经在举办一些特色的节庆活动，如“风筝节”、“菊花节”、“豆腐节”，不过“文化搭台，经济唱戏”的比较多，急功近利。有时候举办方甚至请上几个外教，冒充外商，摆明着显示这是招商会、引资会。普通人觉得这类活动与己无关，甚至认为它扰民。如能充分发挥社区力量，让其常规化，成为老百姓自己的聚会，那会是功德无量的进步。

惊心动魄半小时

家里有工人施工，我请了一天假在家。下午四点的时候，看到放学的儿童陆续回家。又过了一会儿，有几个妇女从我们门前路过，问施工者有没有看到一个小女孩。工人说他们在注意着，但是没有看到。

接着我看到几辆警车出现。又过了一会儿，我听到了头顶上有直升机的声音。飞机飞得低低的，在小区上空盘旋。陆续又在路上看到很多人在找，也不知都是什么人。

听一邻居介绍，附近有个小孩丢了。这不由让我担忧起来。不知搜救结果如何，我一直悬在心上，只是没地方去问确切消息。不过我知道，出这种事一定是重大消息，于是打开电视，看到新闻上播出了小女孩失踪的消息。庆幸的是，半个多小时后，电视上说，小女孩在离自家三个街区之外的一个地方被找到，人平安无事。

次日，儿子放学回来，带回一张学校打印的通知。通知里告诉了我们事情的经过。失踪的小女孩是我儿子学校一年级的学生。美国每天三点放学，如果父母都上班，下班之前的时间，有的是让托儿所代管。托儿所会派车来接送。这个小女孩放学后也是去托儿所，但她没在规定的地方等候。托儿所的车子疏忽，没给接走，她被一个来接送同学的妈妈给接走，送到家里。小女孩平时这时候都在托儿所，这是头一次在这个时间回到家里，没事可做，于是出去找同学玩，一出门，就迷了路。

学校在来信中，强调让家长跟小孩多多交流，放学的时候要在规定时间规定地点等待。学校会尽量保障学生安全，如有问题，校长让跟他直接联络。

小镇地处偏远，生活安静，当年蜚声一时的中行开平案中涉案的许超凡都曾选择隐居于此。在这个平静的地方，小孩失踪是大事，在居民中产生一些恐慌和不安全感实在难免，更不要说对于小镇安全形象的破坏。但假如人都能丢掉，要形象又有何用？所以整个社区反倒放开了广而告之。

据我前前后后了解的情况，这半个小时的搜救中，警察局几乎倾巢出动，天上地下一起在找。学校老师也出来帮助寻找。我们这个小区，属 neighborhood watch 小区，亦即居民联防互保，所以遇到这种事情，邻居也来帮忙。电视台也及时派人来报道，让更多人知道。这几乎是一场寻人总动员，在短短的半个小时后，小孩就平安回家了。

近看大选

美国总统大选之前，朋友看着我的花白胡子，说我一定充满智慧，问我预测谁当选。可惜水晶球我没随身携带，还真不知道。

今年大选选情紧张。大家都知道此次选举非常重要，将决定美国未来走向。罗姆尼和奥巴马两人在多项民调中旗鼓相当。此前美国又遭风灾，奥巴马指挥从容，获加分不少，共和党为此更有危机感。双方竞选各砸了十个亿。事后来看，也是大炮打蚊子。要争取的独立人士并没有那么多。四年下来，针对奥巴马的民意颇为两极，大家要么喜欢，要么不喜欢，中间摇摆的不多。

这种两极，也使得支持两方的选民都觉得对方威胁极大，所以出来选举的人很多。奥巴马和罗姆尼在各地竞选的时候，都没来俄克拉荷马拉选票，使得我们这里成了被人遗忘的州。

这里的黎明静悄悄。这里的西线无战事。这让我一度很是失落。2004年大选，奥巴马在俄克拉荷马一城未下，来了没用。对共和党来说，这里已稳操胜券，不用过来。

选举日那天，我似乎看到狼烟四起。很多教堂和学校被转作投票站，停车场挤得水泄不通，附近交通堵塞。我校也提供了投票点，同事上午去了两次都返回来，说排队的人太多，起码要等一个多小时。下午他又去了两次，才把票给投上。

这么多人不辞劳苦来投票，说明大家参与意识都很强，到底选奥巴马还是选罗姆尼，关系到很多人的切身利益（比如纳税），也关系到个人信仰（比如对同性恋和堕胎问题的态度）。由于周围人政见不一，空气中隐隐有些火药味，似乎一点就着，但是大家相互还保持着礼貌和尊重。

可是我们家里，就没有这么平静了。我们家四个人分成两派，我和儿子支持奥巴马，老婆和女儿支持罗姆尼。两个小孩当天分别在学校里开展过模拟选举。模拟选举介绍了美国选举总统的过程，总统必备条件，两党的象征，等等。老师还让小学生成立自己的党派，我儿子居然成了一个Pokemon党。他选的是奥巴马。我问他为什么不选罗姆尼，他说据他上网调查，罗姆尼给富人减税，给穷人加税，而副总统候选人莱恩"说谎"。女儿的学校是在学校的网络账户上投票。

投票当晚，眼看着奥巴马的选举人团票数节节上升，女儿脾气越来越大，最后和弟弟大吵起来，差点大打出手。我说都省着点，我们都没选举权，还是看我们的热闹，让他人去打吧。

当然了，能用选票来说话，大家愿赌服输，也就没什么好打的了。

一百六十一次终身监禁

女儿获俄克拉荷马州大爆炸纪念馆一作文比赛奖后，学校很重视，校长和她的英文老师专门带她和学校另外一个获奖的同学出去吃饭。饭后我们在俄克拉荷马司法大楼会面，参加由俄克拉荷马最高法院大法官斯蒂芬·泰勒主持的颁奖典礼。

泰勒大法官介绍，这最高法院的大法官，主要工作是读写，亦即审核被上诉的案子，看审判程序是否合适，量刑是否妥当等,然后出具书面意见。

泰勒法官给中学生们介绍了美国司法体系很独特的地方。首先,美国法庭审判有大陪审团制度,嫌疑人有权得到大陪审团参与的审判。大陪审团的构成者为十二个陪审员，用民意的判断,去平衡专家审判。这是美国独有的做法。其次，一个嫌疑人在被定罪以前，是无辜的，司法体系必须举证，证明他有罪。最后，这样的举证，必须超过“合理怀疑”(beyond reasonable doubt)。由于我法律知识欠缺，不太明白，上网问询，网友告诉我说，这是指“无可辩驳”的“铁证”。作家周黎明先生的解释为：“就是宁可错放走三千，不可错杀一个。电影《十二怒汉》便是诠释这种理念的，跟曹操的做法刚好相反。”

俄克拉荷马城大爆炸主谋，是退伍军人麦克维。他认为联邦政府已经成为暴政的象征，尤其不满 FBI 围攻邪教组织在德克萨斯州韦科造成七十六人死亡的事件，故策划了这次爆炸。麦克维被联邦司法体系判处死刑。

主要从犯特里·尼科尔斯的审判法官为泰勒。陪审团成员讨论中，有七位主张给出死刑判决，五位成员主张终身监禁不得保释。泰勒说，支持终身监禁的陪审员，觉得将此人处死实在太便宜。现场一个来自德克萨斯的获奖学生问泰勒，他自己怎么看待无期徒刑比死刑更重的问题。泰勒说他作为法官，不能直接说出他在这个问题上的立场。不过他说：“这几个普通民众陪审员提出的问题，很让我思考。这位嫌疑人当年四十九岁，是让他一下子注射死亡，对得起那些死伤者，还是让其终身监禁不得保释？”他用外交辞令解释说：“这让我思考。”确实让人思考。苏格拉底也曾在临终申辩中说：“离别的时刻已到，我们各走各的路吧——我去赴死，你们去活。哪条路更好，只有天知道。”

由于陪审团僵持不下，最终泰勒法官给出判决。他判此人一百六十一次终身监禁，每一次都不得保释。当然这只是理论上的一百六十一次，和一次效果一样。此人被关到一个重刑犯监狱，永远不能和任何人接触，包括每天一小时锻炼的时候。

为什么是一百六十一次呢？因为他的原因，造成了一百六十人死亡，其中一位是怀孕末期，腹中胎儿也算一条人命。

疯狂的糖果

美国学费如芝麻开花节节高，一些私立大学，已经突破每年六万美金了。四年大学的学费，在我们这地方就能买相当不错的房子。大部分中产阶级家庭是拿不出来的，很多家庭只好去办助学贷款。联邦政府给你贷款，也有附带条件。有些条件很奇特，比如，学校不给职工提供强制性的性骚扰教育，则丧失办理联邦助学贷款资格。

于是，在高校工作，即便清纯如笔者的人，也要去听性骚扰的讲座。据主讲人介绍，骚扰还不光指性骚扰，也包括和残疾、种族、国别、宗教相关的骚扰。总的来说，可检举骚扰行为的人，应属于“被保护群体”（protected category），比如我，虽然是大老爷们，但是少数族裔，也属于“被保护群体”。

美国关于骚扰的法律规定得很严格，但阐释空间也大，这就是我们普通人搞不懂，而需要找律师来帮忙的原因。性骚扰给人造成的精神损失，到底如何量化计算呢？

主讲人给我们讲了一个有趣的案例。某公司的一个中年老板，平时喜欢拿女性下属开玩笑。他喜欢拿糖果，塞到一女下属衬衣里。此举说开玩笑也可以，说吃豆腐也可以，反正是擦边球。一次两次，下属也就算了，但是几次之后，这个下属十分不悦。她将这个老板告上了法庭。到了这个时候，老板终于害怕了，说自己已经在上帝面前忏悔，但是此事已在法庭立案，他已经无力回天。

大家都好奇这样的骚扰，会让那位老板得到多大的责罚。“精神损失赔偿”没有一个确定的公式计算。塞糖果，可以说是弄脏了衬衫，赔款几十美元也可以；说他让下属耽误了几天工作，让其赔偿几百美元也可以。

陪审团经过商谈之后，决定让这位老板给这位下属赔款一百七十万美元。这巨额是怎么算来的呢？陪审团听了双方证词后，也了解到了老板的一些背景情况，比如知道他一向手脚不干净，有前科，于是大家想要狠狠责罚他一下，以儆效尤。大家查出他上一年的营业利润为一千七百万美元。“既然他说他在上帝面前忏悔了，那么就让他拿出一千七百万美元收入中的十分之一，按什一税来罚好了。”

国务卿和小贩

学校组织我们去参加一个会议。这个会议叫Get Motivated。可想而知，中间有很多motivational speaker过来，跟你讲怎么赚钱。

恕我直言，大部分演讲的中心思想，都可以归结到我们的新年祝愿，那就是心想事成，“心里想什么，就会得到什么”。我承认精神的力量，但话也不能说得这么绝对，都想什么有什么的话，一些女优非得大批量克隆不可——我的大部分读者都知道我说这话是什么意思。

不过中间还是有几个重量级的演讲者，讲的不是如何赚钱。美国有些演讲公司，找这些退休的国家前领导人或者其家属，到各地演讲，鼓励各地怀疑人生的人们。他们抛头露面的机会还是很多，来的人中间有纽约前市长朱利安尼、小布什夫人劳拉等。劳拉果然贤惠，到了这种由她当主角的场合，仍旧是一口一个她家的“乔治”如何如何，对小布什的崇拜和爱溢于言表。

前国务卿鲍威尔的演讲最有趣。鲍威尔先后两次退休，第一次是从军队退休，第二次从国务卿的位置上退休。第二次退休后，吃过早饭跟老妻说不去上班了。她愣了，不知怎么办。鲍威尔自嘲，他的婚姻之所以快五十年了，关键一点就是不常在家待。

退休后他为了打发时光，买了一辆跑车玩。抓将军于是也成了附近四个警长的一大爱好。大家好像都约好了，轮流来追他，让他停靠到路边接受检查。这四个人都是前军官，是他下属，拦下之后，向他行军礼，然后照样开罚单。他还说，以前他当国务卿有专机，退休后去坐飞机，和其他乘客一样。他一出现，其他乘客说：“这不鲍威尔将军吗？”然后大家都很好奇地看他是否“走后门”。空检人员为了避免嫌疑，照样让他接受安检，而且会派出最精干的人员细致检查。“比医生检查身体还严。”他说没有办法，好多安检制度，是他在“9·11”之后授权制定的。这叫出来混，迟早要还的。

听所有这些演讲者说话，能感觉到大家都挺热爱美国这个国家，这样的情感也能在听众中引起强烈的共鸣。从上到下，我发觉美国社会在多元化之中，有些根本价值是上下一心的。美国经济再不济，但是整个国家的向心力和吸引力还是不减。鲍威尔还说，退休后，他跑纽约街头买热狗，移民小贩认出他来,坚持给他免费,说“美国已经为我付过钱了”。

原来在国务卿位置上的时候,他也喜欢跑出去买热狗。那时候他出来买热狗,周围会有四五个保镖跟着,边上还有纽约警察局的车辆在待命,小贩一看,吓蒙了,高举双手说:“我有绿卡!”

当初不合种相思

2012年11月9日，美国中央情报局（CIA）局长戴维·帕特雷乌斯因婚外情，引咎辞职。进入中央情报局之前，四星将军帕特雷乌斯曾在美军服役三十七年，担任过驻伊拉克多国部队总司令、驻阿富汗美军总司令和国际安全协作部队总司令。关于阿富汗战局和地区局势，帕特雷乌斯不发话，从总统到政论家，任何人发言都没有底气。处在后方的美国，就像一个洞穴，所有人坐在里面，等着帕特雷乌斯这个智者带来新的消息。

这么一个美国英雄，最终却栽在婚外情丑闻上面，让人扼腕叹息。如果没有这种事情，接下来他担任国防部长，也是众望所归。帕特雷乌斯的栽倒，是因一个佛罗里达女子，举报有另外一个女子威胁、骚扰她。经FBI调查，原来是帕特雷乌斯的传记作者褒拉·布劳德维尔，在用帕特雷乌斯的信箱给这个女子发信。这真是小三小四相争，FBI渔翁得利啊。

美国搞一下婚外情有这么严重吗？帕特雷乌斯的赫赫战功都保不了他，他非得辞职不可？美国政府和公众，基本上能宽容一个人在工作上犯错，甚至鼓励适度冒险。有时候大家觉得一个人什么错都没有犯的话，说明努力得还不够。不过，如有不忠和背叛行径，这人就会面临人格破产。工作失误，视其程度，可比作感冒、肺炎甚至癌症，都还有治愈的可能。人不老实，背后搞鬼，则如患上艾滋病。它会让一度牢靠的关系失去免疫力，一点小毛病都可能引发系统性大毛病。所以说不忠是各种关系病中的艾滋病。美国很多重要政府职位，没有我们说的"政审"，但任职前也做背景调查，调查常含"生活方式测谎"（lifestyle polygraph）。这不是真的想查证某人私生活细节，而是看这人值不值得信任。

《通天塔》（*Babel*）的导演亚利桑德罗·冈萨雷斯·伊纳里多还曾执导过一部电影《狗娘养的爱》（*Amores Perros*），整部电影说的是背叛，兄弟之间、夫妻之间、父女之间。片中的杂志编辑丹尼尔，背着妻子和两个孩子，和名模瓦雷里亚恋上，后来他离开了妻儿，和名模结合。也算老天报应，在出轨后，这位小三名模即遇车祸，断了条腿，从此生活在忧郁之中，有时不顾丹尼尔为她放弃家庭所作的牺牲，反而恶语相向。丹尼尔在苦闷之中，打电话回家，妻子接到电话，他却无言以对，颓然挂了电话。这个家，他是没脸再回去了，否则是双重背叛。

好在丹尼尔还算负责，守着断腿的小三，和一只被老鼠咬得遍体鳞伤的小狗，苦对余生。大部分情况下小三没这么好命。克林顿如今毫发未损，而莱温斯基到了四十岁还无法组建家庭，到哪里都被人指指戳戳，一辈子毁了。

帕特雷乌斯还算条好汉，事情暴露，旋即引咎辞职，不失英雄本色。除了他的政敌，同情他的人不少。他不大可能离开妻儿与布劳德维尔结合。布劳德维尔为人妻人母，自己的家庭遭到沉重打击不说，作为小三，她都无法有什么安全感。她怀疑帕特雷乌斯在佛州有个小四，继而发信威胁、骚扰，终于对方举报，东窗事发。

为什么会怀疑帕特雷乌斯有小四？道理再简单不过：一个人连自己的配偶和孩子都能背叛，他又怎会有任何道义责任，对小三小四忠诚？到了这时节，小三小四们便陷入不三不四的尴尬，其唯一能秉持的游戏规则，便是他人即地狱的存在主义了。

色戒

俄克拉荷马有家炼油和天然气设备公司，制定了一个独特的政策：员工出差的时候可携带家属，费用由公司支付。这个报销政策的出发点是怕员工出差的时候，配偶不在，会去干坏事。当然，如果员工觉得自己会守身如玉，而带家属影响工作，也可以选择不带。也就是说，可以不带家属，要是带，公司会报销。这真是太方便了。

是不是人人都是偷腥的猫儿，一有机会就去吃野食呢？抵挡诱惑，也是人生一大挑战。当门徒不会祷告的时候，耶稣所教的祷告文中就有“不叫我们遇见试探，救我们脱离险恶”这两句话。这两句话在公祷文里，千百年来一直在各教会和信徒中流传。

美国中央情报局局长戴维·帕特雷乌斯2012年闹出了婚外情。除了绯闻中的褒拉·布劳德维尔之外，卷入者还包括现任阿富汗美军和联军司令约翰·艾伦将军，坦帕市的吉尔·凯利女士和她的胞妹，还有一位调查期间把自己一张半身裸照发出去的FBI联邦探员。女色的魔力真大啊，搅动了美国军队、CIA、FBI几池春水。

《时代周刊》专栏作家乔尔·斯泰恩笑称，帕特雷乌斯这种人，是一个以“忠诚、牺牲、荣誉、纪律和意志力”著称的人物，不是超人，也近似超人，尚且在女色面前溃不成军；他作为凡胎肉体，“软弱无底线”，在诱惑面前，更是要千方百计生产自救。

他提出了很多好办法，比如“永远不和自己的传记作者睡觉”，把自己家的卫星导航设备的女声调成男声，以正视听。总的来说，他对自己充满警惕。几年前，他上一情感类电视节目，节目嘉宾除了他，还包括两个十分“火辣”的双胞胎美女。节目主持人菲尔博士问斯泰恩，如果他找保姆带他儿子，会不会找这两个美女。斯泰恩说他不会：“如果在家节食，我为什么要把巧克力放家里？”他自认为自己的比喻充满机智，扬扬得意地向老婆邀功请赏。老婆卡桑德拉红颜大怒：“我在家里你就当是素食？”可怜的斯泰恩遭到冷处理，一宿无性，这里暂且按下不表。自我标榜，马屁拍错的事我也干过。有一次我和“腐败分子”说到女色问题，我正色曰：对女人我没兴趣。她问我是不是同性恋。要是我说对男人也没兴趣，估计就是反人类铁证了。

可见女人不好惹。单身的时候，如何对付女人我预想了三十六条妙计。现在什么招都没有了。有时候只能低头默祷：“不叫我们遇见试探，救我们脱离险恶。”我的读者中包括老中青三代色鬼，请你们记住这两句话，没事念念。

风度

前段日子去俄克拉荷马城开会，会址是在历史博物馆。在里面看到一张图片，上面是一个妈妈带着女儿在烤箱烤火鸡。我想起了一个故事来：女儿看到妈妈烤火鸡把大腿剁掉，问妈妈是为什么，妈妈说不知道，外婆就是这么烤的。女儿去问外婆，外婆也说不知道为什么，是她的妈妈这么烤的。后来去问太婆，才发现是当年的烤箱太小，装不下才这样。但是这个传统就这么保留下来了。而今的烤箱不要说烤整个火鸡，你钻进去烤自己都行。

世界上好多传统留传下来，人们因循着，未必就知道当初的来历是什么。探究这个来历是一件十分有趣的事情。语言上也是一样。比如我们常说下瓢泼大雨是：It rains cats and dogs. 你什么时候看到天上下猫狗的？那么到底是怎么回事呢？据说英国古时候，人家的房子多为茅草房，那时候天冷，屋子里若供暖不足，猫狗都设法钻到茅草里取暖，雨一大，茅草也湿了，猫狗熬不过，就纷纷从天而降。

还有一个说法，叫Don't throw the baby with the bath water. 过去英国人洗澡，没有如今这些发达的淋浴系统，所以通常是烧一大桶水，先是家里男人洗，然后是女人洗，然后按照大小，大孩子先洗，小孩子后洗，到最后baby洗澡，水已经漆黑一团，搞不好倒水的时候真把孩子给一起倒掉了，所以女人会叮嘱马虎的男人：Don't throw the baby with the bath water. 那时候这个洗澡的顺序，和封建时代的中国一样，家里男人为主，女人次之，最后才是孩子。如今很多地方，尤其是中国，小孩子最大，要像过去那么洗澡，最后八成是把男人和洗澡水一起倒掉。

但是这些东西只不过是些谈资。而对于另外好多传统的了解，倒是有一些现实意义。

比如关于绅士风度，到底该如何如何，其实中间好多做法我们一样是知其然不知其所以然。比如我们对于绅士风度的一大了解，是给女士开门。我最近发现了这个传统到底是来自什么地方。在美国，很多大门做得十分厚重，没有一点力气都拉不开。尤其是在我们俄克拉荷马这个地方，风很大，门都做得很厚实，女士拉门很是困难。所以给女士拉门，也是给她们提供一点便利，也是显示自己气力的好机会。

这个传统不知何时开始，到今天还在保存，是古代绅士风度仅存的一项硕果了。这还是必要的，因为门是越做越厚，照样拉得很费劲。由于本人在网络上得罪女人太多，现实中有时候还想表现一点风度出来，这也是将功补过的意思。一般我看到女士，还是去给其拉门，尤其是看到力气不大的老太太。我看到她们老远走过来，我就站在那里把门给拉着。别人看我给拉着，很不好意思，于是加快脚步走过来。还有一次，一个小老太太看我拉着门，赶紧小跑过来，在路牙子上绊了一下，差点摔倒。

所以后来我看人离门比较远，就不绅士风度了，因为搞不好会变成美国的彭宇。

今天中午，走向大门的时候，看到一个图书馆同事，一个年龄比较大的女士从食堂走过来，左手一杯饮料，右手一个饭盒。我离大门比她远，于是我赶紧跑过去给她拉门，不然她怎么开呢。可惜本人奔跑速度还没有她走得快，她走到门口，轻盈地按了一下供残疾人按的开门按钮。那个大按钮你一按，里外两扇门都打开了，她笑着走了进去，嘴里说：有这个残疾人按钮多好！

这叫那位气喘吁吁的绅士情何以堪啊？

信用与荣誉

中国信用评级机构大公国际决定将美国信用等级从 A+ 下调至 A 那一天，我家院子里一只泛光灯坏了。前者我帮不上忙，后者必须去修。

于是，我去家得宝商场买了一只回来。回来一看，两只大小不一样，于是我又跑了回去，说尺寸不对，想换一只，还没解释完，对方就已经以迅雷不及掩耳之势给我扫描好，把款退到我信用卡上去了，给了我一张收据。

我又买了一只，尺寸和家里那只一样大的那种，从自动结账的地方结账出去了。到了车子上，晃了一下，发觉里面有些杂音，不知是不是好的。我又跑了回去，准备解释一下，但是对方听也没听，不管三七二十一把我的款退了。我又找了只好的，跑到自动结账的地方，扫描、刷卡，结账完毕，自动柜台又给我吐出一张收据来。

进进出出几次，来退同一个东西，换了别人看是很可疑的。假如是我把家里的坏灯泡拿过来，换上新包装退给他怎么办？他们没拆包装，根本不会去查。这里漏洞实在太多。最后结账的地方还是自动结账，自己按键，自己刷卡，调包实在太容易。有一些东西，连条形码都没有，比如一些螺丝钉，或是你买了之后当场用电锯锯成短块的木板，你说你买了几块他就算几块，你怎么说对方怎么算。

在美国生活，这样的例子简直太多。退货简直太容易了，不用解释。据说沃尔玛的40%成本是退货。有的时候留学生刚来，很穷，出去野营，买了一帐篷，野营回来之后退给商店，商店二话不说，给他退。

这个做派叫Honors System，荣誉系统，或者说是“君子意识”，这也是美国社会的一条潜规则吧。这种荣誉系统存在于很多地方。小孩去公园，去游览场所，去麦当劳买儿童餐，一般都是按照年龄算。但是一个六岁小孩和五岁小孩也差不多，基本上是你说几岁就几岁，因为按照常识，一个大人是不会当着小孩的面撒谎，明明六岁说他五岁。占小便宜的人也有，但是这样做父亲、母亲的，会在儿童心目中形象大跌，成了一个撒谎者，失去了信任感，以后无形的交往成本会增加很多，为了几块钱小便宜，以后亏大了，根本划不来。老人也一样，你说你是六十五岁以上他就信你是六十五岁以上。同样，按照常识，美国老人不怎么服老，就是六十五岁差一天，也很少有人说自己是六十五岁。

上次去纽约，从郊区乘火车到曼哈顿，是自动售票，小孩买儿童票，七毛五，上车之后有时候他们查，有时候不查，这也算是一种小小的信任吧。不买票被查到了，也就是补个票而已。其他地方未必就能这样。我同学几年前去巴黎坐地铁，出地铁台阶上快到地面的时候，心想反正都出来了，于是把票给扔了，说时迟那时快，刚扔警察就查了，说他们逃票，要补票、罚款，他们说是刚扔掉，但怎么说对方也不信。当然罚款是小事，但诬陷让人难受，我同学当时持外交护照，拿出来说，你看，我外交官，能为几个小钱逃票吗？警察把他护照一并拿住，不交罚款连护照都拿不回来。我们几个同学十几年后相聚，各自都已经在美国生活了很多年，发觉这种事在美国就很少见。美国可能是超级大国做久了，总的来说还是比较大气，平时生活中大大咧咧，这些小事一般不跟你过多计较。日常生活中这种“荣誉系统”的潜规则似乎到处都是。

在这个系统之内，人的生活成本会比较低，过日子少操很多心，简单省事。不光是我这个见识并不多的人这么认为，我的上海老友部长卖电子产品到世界各地，他经常感慨跟美国人打交道最简单。比如进关报关的时候，美国人基本上很容易通融，不故意制造难题。

这种潜规则的建立，基于一种相互之间的信任。一旦你破坏了这种信任，其后果是十分严重的。如上所述，在美国社会，撒谎是一个很被瞧不起的行为，也是一件很严重的事，因为“做假见证”是《摩西十诫》里的重罪之一。如果你滥用他人的信任，让这个潜规则的实施受到破坏，下次他们就不会让你参与这个规则之下的任何游戏，换言之，不带你玩了。在一些利用“荣誉系统”管理学生学习的学校，如果有学生犯规，考试抄袭，惩罚直接就是赶出校门。税务局每年报税，通常情况下你报多少他算多少，但是一旦税务局产生怀疑，查起来，不再信任你，那也是够你吃一壶的。大家签证的时候也是这样，如果签证官觉得你撒谎，很可能的结果是拒签。所以和我们说“厚道是无用的别名”相反，美国人的说法是“诚实是最好的对策”（Honesty is the best policy），这一切都是为了尽量维护这个系统的健康。

或许有人会问，这样的话，这个系统还怎么撑得住呢？一旦有人开始利用“漏洞”，开始破坏这种信任，让这个系统无法继续存在，这样麻烦就大了，因为这样一个系统的破坏是很容易的。从前人们坐飞机不要脱鞋，因为有了一个鞋底炸弹乘客，从此所有人坐飞机都要脱鞋过安检。假如退货的人不是真的去退货，而是占便宜，那么这个系统也将遭到破坏，最终不复存在。这是很可怕的局面，因为是通盘皆输，所有人的成本都会提高，包括那个犯规者的子子孙孙。

所以美国国家的信用降低虽然后果严重，但是后果更严重的，是有朝一日这种民间的荣誉和信任意识遭到破坏。只要诸如“荣誉系统”之类的良性潜规则健在，美国还会是一个让人放心、做事省心、不用太费心的国家，这是它无形的优势。借着这样的优势，它还会将世界各地的财富吸引过来，还有办法解决这种国家信用被降级的问题。就在美国信用等级下降的那一天，我看到移民局发布消息，将加快审理投资移民的速度。我一直以为，美国社会最吸引人的地方，不是它的楼多高，车多快，技术多发达，饭菜多好吃，女人多漂亮，而是在这儿生活比较省事，你可以把精力花在你喜欢做的事情上，比如某些人连夜在这里写博客。

但是如果民间也开始互不信任，你防我防，那就无药可救了。后来，标准普尔也调低了美国的信用等级，就在那一天，我家水龙头坏了。我自己动手去修。初次当水管工，没有经验，零件买错多次，来来回回跑了好多趟去换去退，拆来换去，折腾了好几个小时才弄好。退货路上我想，好歹退货还不需要动什么脑筋。到了下一代的人，还能不能这样，就难说了，不如记上一笔，也让后人知道我们这个古老的时代，也非一无是处。

温柔的后妈

我夫人单位有一年轻女子，和一离婚男子结婚。该男子还有一个年幼的女儿。离婚之后，他对女儿仅在周末有探视权。这位丈夫是军人，现被派驻伊拉克。丈夫出征之后，女子继续每周周末接女儿回家。每次去接，都要开车去达拉斯，每一趟三个小时，来回六七个小时，周复一周，持续了很长时间。孩子和后妈关系非常好，反而和亲生的妈妈生疏了些。亲生母亲对该女子怀恨在心，屡次威胁要干掉后妈。后妈每次探望，都带上手枪。她爱继女，为了她不愿自己再生。每周为着继女，来回长途跋涉，还冒着和亲生妈妈火并的风险。

在美国家庭里，什么形态的关系都有。我们还认识一对夫妇，女方离了婚，带着两个跟前夫生的孩子，和一个比自己还小的男子结婚。继父不工作，专门在家，带着上中学的继子和上小学的继女，还有夫妇两人自己生的孩子。孩子的亲生父亲，有时候也过来探望，两个父亲关系融洽，如同哥们儿。离了婚，重新组建了家庭，却能把关系处理得非常好，这有很多原因，比如离婚后规则不是潜规则而是明规则，什么时候探视如何赡养，法庭有规定，该怎样就怎样，通过法律手段解决，省了离婚夫妻之间的扯皮和争吵。更关键的是，大家不把“亲生”的概念看得像我们这么重。

我们在雪城读书时，还结交了一个朋友特瑞，夫妇俩不生育，领养了一个儿子。后来又领养了一个女儿，没想到女儿的亲生父母后来又生了一个，讹诈特瑞夫妇继续领养，夫妇俩毫不犹豫又给领养了过来。孩子们从小就知道自己是被领养的。这对夫妻对三个子女的爱，让世间大部分亲生父母可能都觉得脸红。他们还常常感谢孩子们的亲生父母，因为他们给了自己做父母的机会。

亲生父母、同胞手足之类的血缘关系，通常独一无二，无可替代。但血缘生义务，义务生期待，期待生失望，失望生怨恨，所以基于血缘结成的关系，如果不善经营，也可能形同陌路，甚至反目成仇。相对而言，美国人更为看重的是自己选择的关系（relationship by choice），甚至有时候把它置于血缘关系（relationship by birth）之上。

对“选择关系”的重视，不仅体现在继父继母和子女关系上，也反映在婚姻观上面。大部分美国家庭，最为重视的关系是夫妻关系。小家庭是“核心家庭”；而此外的关系，属

“外围家庭”(extended family),其重要性是第二位的。夫妻之间,不是一纸婚书造就的法律关系,夫妻之间也有“血缘关系”——大家共同育有子女,而孩子身上有两个人的血液。这种又有血缘又有选择的夫妻关系,应该是世上最亲近的关系,超过父母和子女的关系。可是中国很多夫妻,相互猜忌,狭隘地把生养自己的父母放在第一位。而愚昧的父母,也仅仅出于血缘关系,袒护子女,把手伸得太长,越位干涉成年子女生活,破坏夫妻关系。小家庭关系搞不好,城门失火殃及池鱼,外围家庭也不得安宁。

超越血缘关系,把爱延伸出去,这是生活的能力,也是社会和谐的秘诀。比血与水都浓的,是蓄意栽培的爱。

受血缘限制产生的关系,基于生物属性,而不是社会合理性,易形成感情捆绑,产生千姿百态各种别扭。中国很多家庭概念,如“孝顺”,基于碰巧发生的血缘关系,而不是我们根据后天选择而栽培出来的爱和尊重。资深媒体人王志安先生近日在微博上发表了一席言论,引起了不少读者的共鸣。他说:“中国人的孝顺观念其实挺害人的。我的观点:孝可以,顺不行。对待老人,该给钱给钱,该回家看望回家看望。但人生重大抉择,还是得自己拿主意。爹妈的建议都是参考。在这么一个飞速变化的时代,让老年人为年轻人做决策,十有八九不靠谱。如果一个成年人,凡事需要爹妈拿主意,注定没出息。”狭隘地出于血缘关系,在人生各阶段的选择上,顺从甚至盲从老一辈，而不是根据各阶段、各领域的行家专家意见，做出自己的判断，这种局限，限制了国民的成长。

活出现场感

圣诞期间，美国妈妈简妮尔·霍夫曼给十三岁的儿子买了个 iPhone 当礼物，可又附加了“使用条款”一十八条，比如不可看色情图片，丢失了自己负责，妈妈必须知道密码，每天晚上七点半必须关机上交。智能手机属聚合文化（convergence culture）的产物，能把诸多功能集合起来，让人一切尽在“掌握”。如何让尚未养成自律习惯的孩子使用，家长分歧很大。有的亮红灯，禁止使用。这做法其实很难，说实在的也禁不了多久。有的亮绿灯，撒手不管，这也不负责。我比较中庸，倾向“黄灯”，觉得可仿照这个妈妈的做法，让孩子使用，用出名堂来，但要有规矩。大家可以把这种奇技淫巧的使用，转作教育机会。

教孩子负责地使用技术是好，可我们自己能否做到？自己做不到的事情，要求他人，没有说服力，也没有效果。这妈妈的规则之一，是“不要拍摄成千上万的照片和录像。没有必要逮住什么都记录下来。去活出这些体验来。它们会永远存在于记忆里”。（Don’t take a zillion pictures and videos. There is no need to document everything. Live your experiences. They will be stored in your memory for eternity.）说来惭愧，我自己就喜欢拿着手机随手拍。美国地广人稀，空气清新，蓝天白云到处是，有些过去只能从国外风景明信片上看到。这环境作为背景，很上相，勾人去拍。我在网上写东西不少，“一张图片等于千言万语”。文字力不从心处，有图有真相，拾遗补缺。另外，生活在新的国家里，好多东西我少见多怪，充满好奇，很想跟远方的亲友分享。到中国的美国人也一样，很多中国人习以为常的东西，比如新奇的英文招牌，在外睡觉的人，打赤膊在门口逛的老头，他们也好奇，也去拍。

不过，捉对比拼，恐怕还是中国人拍照多。有一美国人跟我开玩笑，说一百个中国游客，会带着一百零一台相机到处拍。最近某地有事，参与的人很多，美媒给出报道，还配发照片。有读者评论说：“哪里有多少人参与？怎么我看到的全是记者在拍照？”我去一看，发现这些人大多并非记者，只是在“围观”。“围观”的人，通用姿势是拿着手机拍摄。

手机的镜头，于是成了新的盲点。大家举起手机，挡了视线。只顾事后回忆，不顾当下体验。我小孩在学校的表演，我在拍摄，只能通过手机屏幕去失真地看，留下的是照片和录像，或许最终还会删掉或者遗失。而现场感，说错过就错过了。留下一堆照片，如假花，或经久不衰。而鲜花的色泽和芬芳，或留下更深切体验，在人的记忆里历久弥新。

在这数码时代，日子久了，大家电脑里装满了照片和录像，倘无随手整理的好习惯，换电脑时难以处理。用“云储存”也是大问题，美国能存的，国内有时候看不到。云储存的容量通常也有限，尤其是录像部分。好多照片与录像，最后我索性删了，大脑里也记不清了。现在，除了有特定目的，比如要写散步的文章，去拍小径配图，否则我尽量节制，多参与，少拍摄，或是拍了使劲筛选，可有可无者，一律删掉。

中国手机普及率居世界前列。去饭局，一口饭没下口，一群人围在桌子边拿手机拍，然后一个个传微博。有的“低头族”吃饭中开小差，拿出手机看这看那，饭也吃不尽兴。为了避开这高科技的诅咒，洛杉矶一家餐厅规定：客人餐前将手机交给餐厅保管，餐厅将打九五折。不去拍菜，菜吃起来更香。那个妈妈说得有道理，“去活出这些体验来”（live your experiences），把记忆交给大脑而不是内存。

万物有时，人该有不插电的时候。高晓松说他坐牢的时候最开心，恐非矫情，天天做大忙人，日子被电话短信微博切割得一地鸡毛，也是一种悲催。手机带给我们世界的纷繁，让秀才不出门能知天下事，实为幸事。可是天下事不论大小，都被推到你的视野里，不关注也得关注，何尝不是咒诅？没有我们的时刻关注，太阳照样升起。天天看姚晨感冒好了没有，章子怡和某某某有没有戏，不过是在低头看他人的生活。怎舍得让自己的日子，从身边悄然溜走？

向着未来看风景

这几个星期，我们几个家长在商量如何改进小孩的时间管理等方面技能，准备给他们开一个小班授课。刚上几次，小孩抱怨，我们有些泄气。这时候，一个妈妈郑蔚发信说我们不能被小孩牵着走，要坚持下去，不能虎头蛇尾。看了我脸红了，我想如果我们大老爷们像这样遇挫退缩，就莫怪古人写诗骂“十四万人齐解甲，宁无一个是男儿”。积极主动，遇事敢出头挑担子的人，在哪里都受欢迎。这种品质，在美国被视作领导力的一种表现。

说来也巧，星期六早晨，我去参加早餐会，早餐会上说的也是“领导力”。讲演者自己刚结束一次为期六天的“领导力”培训，然后弄了个压缩版，讲给我们听。他也说到了主动担当的精神。他又强调，真正的领导不是高高在上指挥，那叫工头，叫监工。领导自己得学习，得谦虚，得去培育更多的领导。确实，对一群人颐指气使算不得本事，让一群人跟着你一起成长壮大，那才是本领。让手下一班人都很苦逼，算不得牛逼；让手下人跟着滋润，这才是领导者的英雄本色。

美国很多培训活动涉及领导力，有时候都让人觉得有领导力崇拜的味道。比如童子军无时不在说这个话题；教会的青年组，也讲领导力；大学录取新生，还要你表现出领导力。有时候我想，大家都玩领导力，谁干活呢？不怕，服装在东南亚生产，iPhone 有富士康组装。

其实，广义的领导力不是处在“领导”岗位上的人才有的，它是一种个人素质和修养，所有人都可以具备。而领导者则更应该具备领导力，否则在其位置上坐得自己别扭他人遭殃。

美国人强调领导力，估计和其“超级大国”地位有关。在各行各业，很多来自国外的移民很杰出，却常被美国人领导，这和美国人从小培养“领导力”的教育侧重有关。其他国家的教育当中，未必强调这些。教育没有配套：现今教育体系偏重知识传输和理解，应用、分析、综合、创造、想象等能力没有被充分培育。

说到想象力和创造力，是因领导最需要的品质之一是透过现状望见未来，而非得过且过，最终什么传承也不能留下。望见未来，包括你知道自己的需要，亦即“使命”（mission），这保证你不跑错方向；也包括“远景”（vision），它牵引着我们向前走。vision 这个词也译作“愿景”，很有意思的一个译法：

你愿意，有恒心耐力去推动，相关想象就可以成为风景，否则不过白日梦。乔尔·帕克（Joel Parker）说过："没有行动的愿景只不过一场梦。没有愿景的行动不过是消磨时间。有行动支撑的愿景，则会改变世界。"（Vision without action is merely a dream. Action without vision just passes the time. Vision with action can change the world.）

九十年代的时候，这一套说法，也传到了国内，只不过名称不一而已。比如美国人说使命、远景和价值观，华为公司则有一套"基本法"。那时候写类似于"使命宣言"的文件十分流行。我单位老板，也曾抽调我和其他一班哥们儿，去附近宾馆，封闭起来写公司使命宣言。我们为了几个字眼，争得热火朝天，几个人抽着烟，屋子里像是着了火。

使命宣言其实是大道理。和托尔斯泰说的"幸福的家庭家家相似"一样，营利企业的使命是大同小异的，无非是给股东创造价值，给客户提供优质服务这一套。将其写出来，是要制造一种印象，说明企业在"赚钱"之外，还实现了很多别的社会价值——虽然对一些企业来说，这种印象是幻觉。

道理总归空洞，写出来老板自己都记不住，其宿命是束之高阁。几年前，我听过盖川琦在 Blackboard 公司年会上发表的一次演讲。他认为大家不要去制定使命宣言（mission statement），而应该去制定组织座右铭（mantra），比如肯德基的那种：We do chicken right，或是耐克的 Just do it，让人看上去过目不忘。

愿景通常更有力度，是把未来的场景，投影到现在，激励大家向前奔。肯尼迪突然宣布要登月的时候，没有人知道月亮怎么上去，那年头的火箭经常爆炸，登月所需设备甚至材料都不具备。不过，“美国人率先登上月球”的想象，就足够鸡血，让人亢奋，其他的事情，慢慢都会到位。

我们上高三的时候，学习困苦不堪，课间打篮球成了很多男生的娱乐。我们的英语老师张老师也喜欢打，他说：等你们上了大学，天天都有篮球打。虽说有些偏差，但很具体，是个想象得见的“远景”，牵引着一伙体力旺盛而大脑疲劳的高三学生，为了以后能天天打球而发奋读书。

借钱失朋友

我们这么小的镇上，居然有几家当铺（pawnshop），让人典当黄金首饰等物。刚到美国来的时候，一看到当铺，我就心一凉，想起了万恶的旧社会。后来我还看到多家让人 payday loans 的机构，这种机构是用你的工资抵押，让你拿小额贷款，等你工资到了偿还。利息常常是 17%至 20%左右，很高。我们手持的信用卡，也可以让我们借贷，同样也有较高的利息费用。这些机构林立，而且日渐壮大，比如银行现在也提供工资预付的贷款项目了。

在俄克拉荷马也就我们这些外国人无亲无故。本地人受益于当年的圈地（land run），很多家族拥有土地，安土重迁，祖祖辈辈在这里生活，亲戚朋友成堆。既然这样，有了困难，为什么不在亲戚朋友中间互相借呢？

我在美国生活这么多年下来，从来没有任何美国人找我借钱，我也没找私人借过钱。单位组织发起的捐款倒是有过，比如某个老家也在国外的同事，突然爷爷死了，他要出高价买机票回去。和他亲密的同事，发起了募捐。同事于是纷纷解囊。他三十你五十，各尽所能。捐了也就捐了。换言之，给可以，借不行。难怪在西方接受教育的钱锺书，遇到有人上门借三千块钱，索性给了对方一千五，免得日后麻烦。当然这也不能搞道德绑架，他人不捐也不要去怨恨，没有人有这个义务。

很多人遇到困难，用信用卡和其他方法贷款，宁可去承担些利息。私人之间的借钱，不怎么符合美国文化。一说到借钱，美国人常引用一句话："找朋友借钱之前，你先想好，钱和朋友两个，你更需要哪一个。"（Before borrowing money from a friend, decide which you need more.）这话据说是一个名叫 Addison H. Hallock 的人说的，我找不到此人的来历，或许是为了应付借钱者的一个杜撰。但是这话在美国基本上是一"普世价值"，大部分人都认为借钱会破坏关系。为了不破坏这关系，宁可找陌生人或机构去借，利用契约来解决问题。不为着省点利息钱，把亲戚朋友得罪。

莎剧《哈姆雷特》中称："勿告贷于友也勿贷之于友，因后者常致财友均失，而前者乃豁费之首也。"（Neither a borrower nor a lender be, For loan oft loses both itself and friend, And borrowing dulls the edge of husbandry.）在莎士比亚写作《哈姆

雷特》的年代，一些贵族阶层爱慕虚荣，为了维持自己的体面生活，甚至不惜出售家业，成了败家子。有的找人借钱，最后钱还不起，或是讨不回来，钱没了，朋友也丢了。一些人按照自己的能力，不借钱也可拥有不富贵但温馨平常的生活。借钱给他，反滋长他大手大脚的恶习，害了他。

中国是人情社会，熟人之间借钱比较普遍。把钱借出去，自己后来要用钱，去讨吧不好意思，不讨吧自己为难；或者是甲有钱的时候借给乙，乙有钱了却不借给甲，平地里生出不尽的怨恨。大家往往是一开始你好我好毫不计较，最后反目成仇。我觉得我们的做法更残酷无情。

前几天我在网上看到一个“励志故事”，说有个人找了十个朋友去借钱，以此考验朋友真假，最后感慨真正的朋友何等之少。这还有廉耻感没有？凭什么去这样要求、判断“朋友”？抛开其他国家的习俗不论，我们古人不也告诫了吗？君子之交淡如水。还有一句话，叫：救急不救穷，不到万不得已也不用伸手，不到走投无路更不要借钱。朋友之间，越没利益往来，友情就越是地久天长。

若是帮助，应出于自己乐意，那人这么“考验”，实在无聊。如果大家生活中有这种多事的朋友，借这种事来考验你，赶紧绝交。如果看到此文的时候，你还欠人的钱，赶紧还掉，等他人张口来要，大家就伤和气了。还欠我几百万的汪教授看到没？

星巴克的档次

给《美国之音》做了一期关于星巴克的节目。我的电台脸没上过电视，很紧张。我从俄克拉荷马通过 Skype 连线进入节目。一张口，就滔滔不绝。中间我想奇了怪了，怎么没人打断我？

后来主持人打电话过来，说他试图打断我但是打不断。原来，由于某种技术故障，我开始说话后，插话我就再也听不见。他根本无法将我打断，除非我自己停住或是被导播切断。我好比《奇爱博士》电影里奉命执行任务的飞机，飞出去就无法召回。

不过为了这节目，我倒是租来了其董事长舒尔茨的书《向前》（*Onwards*）的语音版听了听。本来节目是说星巴克在美国是“平民星巴克”，到了中国“华丽转身”成小资和精英的“高档”的星巴克。听了这书，我的想法却有了一些改变。

星巴克在美国到底是高档还是低档呢？其实这个问题并不重要，星巴克在美国的文化内涵，更多接近社会学家雷·欧登伯格（Ray Oldenburg）说的“第三地”（Third Place）。家是第一地，单位是第二地，星巴克力求成为第三地，如同我们大门口的延伸。这个第三地，可包括过去乡下的井边，洗衣的河边，也可包括茶馆和酒吧，其共同特征是位置方便，环境舒适。舒尔茨希望人们来星巴克喝喝咖啡，独处，或聊天。他说指不定下一个脸书或者阿里巴巴的蓝图，就是某个年轻人喝咖啡时拿着餐巾纸画出来的。该公司发言人也跟《福布斯》杂志说，为了成为这样的“第三地”，公司在选址上很讲究，希望满足社区的需要。

星巴克还和很多商家合作，开设星巴克门面。我们这里的巴恩斯·诺贝尔书店里就有一家星巴克。喝一杯咖啡，看一本书，这种感觉良好。这里也有老年人来喝喝咖啡看看报纸，年轻人在这里聚会，夫妻在这里谈心，学生在这里学习，自由职业者在这里做事。星巴克让你在此逗留。舒尔茨是在米兰看到浓缩咖啡（Espresso）店，受到启发，希望在美国开这样的店。以前的星巴克是卖咖啡豆的，是咖啡店（coffee shop）。舒尔茨想把它做成咖啡馆（coffee bar），让大家可以坐这儿喝喝咖啡，在这里“生活会慢下来”（舒尔茨语）。人们愿意到这里来逗留，星巴克的一位高管曾笑称，星巴克如果咖啡免费，来的人按照逗留的钟点收费，可能赚钱更多些。中国好多商家很急功近利，你不买东西，就不欢迎你。可是你让顾客逗留，最终顾客也会让你逗留。

我翻译的时候，就常到巴恩斯·诺贝尔书店的星巴克来。有时候我也在这里写些书评，书店和咖啡馆在一起真是便利得很。因为书店的文化气氛，这里的星巴克装饰画上也都是些作家，如乔伊斯、菲茨杰拉德等。我看很多作家也喜欢来咖啡馆。巴尔扎克就很喜欢咖啡，他说："我不在家，就在咖啡馆；不在咖啡馆，就在去咖啡馆的路上。"在他的形容下，咖啡喝下去，思维就千军万马一起出发。

舒尔茨改变了美国人饮用咖啡的方式。我们也亲眼看到星巴克在改变中国人热饮的构成。没想到在以茶文化为主的中国，星巴克也开始有了一席之地，且在年轻人中很受欢迎。为什么美国平民的星巴克到了中国，会成为精英的星巴克呢？我向一位在西雅图星巴克当经理的同学打听了此事，她说星巴克全球定价是差不多的。关键还是人民币和美元有差价存在。另外，星巴克刚进入中国的时候，大部分人不大熟悉咖啡，只有一些比较富裕的人去喝。很多跨国企业到中国，一开始都盯着中国的一个群体，那就是"年轻、富裕的都市白领"（young affluent urban workers）。

星巴克刚到中国，也想本土化，比如舒尔茨就曾考虑过将蓝莓松糕（blueberry muffins）中的蓝莓，变成中国黑芝麻。

如果星巴克开始卖中国式黑芝麻甜品了，中国炫情调的人还去不去？这是一个问题。星巴克在中国，是要成为一个有些档次和品位的地方。这或许有些矫情，但后来我想，这也没有什么不好。就好比豆瓣，过去大家觉得这地方太文青，不过它让很多人开始读书，这不是好事吗？

我们在文学作品中常看到大家取笑中产者们的庸俗趣味，但是要等整个社会很多人都这样，这种趣味开始平庸化，出现禁锢效果的时候，才开始可怕起来，这是一个过程。星巴克目前来说是中国的一个清新的力量，能帮着改变一下约会谈事非得吃饭洗浴闹哄哄唱 K 歌这种风俗。如果大家经常去这种地方，安安静静地聊天，做事，放松，也是好事。日子久了，大家也会觉得这也是休闲或聚会的正道，就好比我们在技术里说的冲击式革新（disruptive innovation）造成的结果。目前，星巴克咖啡在中国很多中小城市都没有分店。这些中小城市充斥着饭店、洗脚屋、洗头屋、桑拿屋、卡拉 OK 歌厅。

有人说星巴克是“美国地边摊，在华装高端”。从我自己的体验来看，这么说也不尽合理。星巴克在美国，大部分人都可以消费，但也不是低档“地边摊”。只不过美国人“档次”的概念没那么强而已。各加油站都卖咖啡，基本上是一块钱一杯，麦当劳也是，星巴克咖啡比它们贵。不过星巴克咖啡也能维持高品质。这里有二十多种咖啡豆，咖啡一个小时内必须更换，保持新鲜。星巴克的咖啡气味也是环境的一部分。舒尔茨离任后，新的高管开始在星巴克卖早餐，比如三明治，也受到了很多顾客的欢迎。舒尔茨觉得早餐香肠、干酪等食物气味太浓，冲击了咖啡的香味，他坚决要求赶出这些热早餐，保存咖啡的香味，哪怕为此损失利润。他甚至为此和高管闹翻，自己重回星巴克掌舵。这种精益求精的精神，让人肃然起敬。

当然，在美国，星巴克有时候也因名堂太多，对于咖啡太考究，有些“吓人”，所以有“星巴克市侩”（Starbucks snobbery）一说。如果和中国比起来，还是小巫见大巫了。中国星巴克网站上，我看到了“浓缩康保蓝”、“焦糖玛奇朵”、“浓缩玛奇朵”，这些名字很陌生。其甜点更是如此：“特浓巧克力布朗尼”。原来“布朗尼”就是Brownie。这些名字都很陌生，让人敬而远之。在美国好在我可以说：我要regular coffee，medium，也没人在意我是否老土。关于tall，grande，venti，trenta这些尺寸，是噱头而非真正的“知识”，也不是它的卖点，你分不清就说高中低好了，不用扇自己耳光。

在我看来，星巴克的“第三地”环境最为宝贵。它价格稍微高一些，但是并未“高档”到拒人千里之外，而是把人拉近。希望星巴克能把这种软环境带到中国来，而不仅仅适应本地一时的趣味。我希望星巴克在中国也像在美国一样，能让普通人享用。星巴克有机会打破这种“三六九等”的观念，否则的话，它无法接近更为广泛的消费群体。在中国，人口就是红利。

手足的对决

2013 年 2 月 3 日，美式橄榄球超级碗决赛上，巴尔的摩乌鸦队与旧金山 49 人队对决。两个球队的教练分别是约翰·哈博和吉姆·哈博，两人是同胞兄弟。这是历史上难得一见的兄弟教练的对决，比赛本来就很引人注意，更何况还是在兄弟教练之间展开。这让人们讨论起兄弟姐妹之间的较劲话题来。

兄弟姐妹 (sibling) 之间的暗战或者明斗，英文叫 sibling rivalry。中文中有句话，叫“情同手足”，不过兄弟阋墙，世间也比比皆是，如曹丕和曹植，杨广和杨勇。由于中国人的含蓄，家丑不外扬，这些话题大家说得不多。不讲不说明它不存在，明说出来，正确面对，可能还好一些。

之所以有这些纷争，有时候是因为有直接利害的冲突，比如谁继承王位，谁接班，谁继承家产。成家之后又有了配偶的因素，就更趋复杂，甚至到最后兄弟关系坏到连外人都不如。家不和，他人会乘虚而入。普通家庭里冲突更大的起因，是“羡慕嫉妒恨”。《圣经》记载人类最早的一次谋杀，是因为该隐拿地里的出产为供物，其弟弟亚伯拿羊群中头生的羊和脂油献祭，“耶和华看中了亚伯和他的供物”，该隐出于嫉妒，就把亚伯杀了。更多的问题，是出于父母亲处理问题不明智，比如以扫和雅各兄弟，“以撒爱以扫……利百加却爱雅各。”（《创世记》25:28）后来两个人的后裔成了仇敌。后来的一位犹太人祖先约瑟，年龄最小，被父亲宠爱，父亲还特地给他做了“彩衣”，引起了哥哥们的嫉妒，甚至要加害于他。

美国公共广播电台在超级碗的兄弟对决之前做了一期节目，叫《手足冲突的科学》。节目中说，如果兄弟姐妹之间大家各走各的路，成功了，其他人觉得沾光；如果走的是同一条路，在一起就很拥挤，难免产生冲突和嫉妒。做得没那么出色的那个，会觉得自己是在兄弟或姐妹的阴影之下，抬不起头，始终要去证明自己，这种“对比”会让他们在职业发展上产生盲点，以至于不能充分发挥各自的独特性。

我两个孩子一起学钢琴，就生出了多少问题。女儿爱好学习，有兴趣，自己能管自己，不大需要去督促。儿子玩性大，后劲没上来，状态不佳，更需要鼓励，提高其学习积极性。如果不能让他找到满足和美感，兴趣毁掉，终生厌恶音乐，那还不如别学。所以，即便他弹得不好，我也是肯定居多，但愿温水煮青蛙，不知不觉让他陷进去。这些肯定，让姐姐很不高兴，认为我对她严格对弟弟太松，双重标准。从父母的角度看，只不过是方法的不同，一个要多给些挑战去拓展，一个多些鼓励增加其兴趣。但是做起来终归还是很难。如果两个人学的东西不一样，就没有这些问题，做些区隔有必要。

如正面较劲实在不能避免，就不如把这种 sibling rivalry 放到更大的空间里，成为正能量。针对超级碗上的兄弟对决，心理治疗师基恩·塞弗说："这两个家伙太幸运了。世界上兄弟冲突的那么多，有几个像他们俩这样一边安全地对决，一边还能拼命捞金，还有全国为他们喝彩？"

鲁迅三兄弟，周树人和周作人、周建人，都写文章。三人估计也在无意识地暗中加以区隔，避开事业上的正面较量。鲁迅的文章风格是金刚怒目，而周作人的文章则平淡清新。当然做同一行是一险招，代价也很大。周氏兄弟的不和，我不知其父母作何感想。

最好的办法是有些关联又不那么重合，靠着一点错位，相互借力和提携。马克·吐温的大哥奥瑞昂·克莱蒙斯，印报纸的时候，聘请弟弟马克·吐温当印刷工。后来他到了内华达当政府秘书，又让弟弟做助理，最后弟弟在其协助下当上了记者，最终成为著名作家。

抑郁症和创意

不久前，我们学校的创意写作教授贝基·布莱利，给我们举办了一次诗歌朗诵会。这是一场非常动人的朗诵会，因为她的丈夫三十五岁左右早逝，两人婚后短短的岁月里一直相亲相爱，丈夫去世后，布莱利几乎无法接受这样的打击。后来，她把所有的哀思都写进了诗歌里，成了诗人，后来到我们学校成了创作教授。

人不幸患上抑郁症，对付方法的不同，决定了我们生活的质量，甚至生死。江苏一个女孩，在微博留言："我有抑郁症，所以就去死一死，没什么重要的原因，大家不必在意我的离开。拜拜啦。"网友、警方设法阻拦，此后不久，江宁警方证实，该女孩果真自杀身亡。人民大学化学系主任曹廷炳教授也跳楼自杀，据传也是患有抑郁症。这两件事，曾经在网上激起了一阵波澜，但是很快陷入沉寂，很多人感叹一声之后，又跑回去，打韩寒与方舟子的口水战了。

对于抑郁症的问题，社会关注不足。当今社会每个人的压力都很大，长期的压抑或者压力，会导致抑郁症，这种患者应该相当多。严重到了让人去自杀，这才一时间引起了更为广泛的社会关注。美国高校都有心理咨询部门，并通过它们发现了各种各样的心理疾病，有很多都没有听说过，难道是美国的心理疾病患者比中国更多？我想不是。很多心理疾病，在国内可能仅仅被当成一种性格缺陷看待，错过了干预的时机，导致疾病越来越严重。

除了医学的治疗之外，轻度患者也可自我救治，比如加强锻炼，多见阳光，休假旅游，寻找互助小组，保证睡眠时间，有意识地控制自己的负面思想，等等。有一些简单的办法据说很管用。听同事说，西雅图多雨，人闷在屋子里比较多，容易郁闷，所以西雅图自杀的人很多。对刚去西雅图的人，人们经常建议他们把屋子粉刷成比较明快的色彩。我没听说多少经常从事户外工作的农民得抑郁症，因为他们接受充足的阳光。抑郁症似乎像是一种“富贵病”，反倒是长期在室内工作、接触不到阳光照射的人容易得这种病。作为一个长期伏案工作的人，我发现，屋子里宅久了，人也容易郁闷，多去院子里干活、去公园晒太阳等，都能让人心情开朗起来。

找到创意的减压阀，也是一个上策。美国公共广播电台做了一档节目，邀请《想象：创意的规律》（*Imagine: how*

creative works）一书作者约拿·勒哈尔（Jonah Lehrer）讨论创意的源泉。勒哈尔指出，抑郁并不愉快，甚至非常痛苦，但是轻者也可使得大脑更为灵敏。“创意行业的人，尤其是作家，患躁郁症的比例，比普通人高八至四十倍。”躁郁症（Bipolar disorder），是指患者在狂躁和抑郁两种极端情绪中徘徊。勒哈尔甚至指出，这种人情绪极其亢奋的时候，可以去从事创作，而到了情绪低谷，正好可以去改稿。若能利用这种情绪的两极，弄潮儿一般，顺着创作的波峰和波谷起伏，那倒真能把疾病化作有用之物了。

作家赫尔曼·梅尔维尔就是一个典型的例子，有英国学者指出，梅尔维尔的代表作《大白鲸》（又译《莫比·迪克》）就是作家躁郁症的产物。梅尔维尔情绪狂躁的时候，一个办法是像小说中的人物伊施梅尔一样，去出海，他说这是“开枪、打球”的替代手段，也可避免像他人“拔剑自尽”那样的解决方法。他的另外一个办法就是思绪井喷的时候去写作。其他患有躁郁症的作家还包括诗人威廉·布莱克、柯勒律治，作家爱默生、弗吉尼亚·伍尔夫、海明威、菲茨杰拉德、罗伯特·厄尔，画家梵高、爱德华·蒙克、杰克逊·波洛克，作曲家拉赫玛尼诺夫、舒曼等。德国诗人歌德也是一位躁郁症患者。

患了抑郁症不是好事，也不是所有患了这类疾病的人都可成为伟大的艺术家。但创意性质的活动，有一定的治疗功效。荷兰学者曾用“创造性回忆”的方法，亦即诗歌、绘画、回忆录，让老年抑郁症患者从其过去的生活中寻找意义，该方法结果证明对抑郁症有治疗效果。在美国，用诗歌、绘画等手段，帮助蒙受灾难的人走出心理抑郁的案例更是屡见不鲜。《心理分析评论》2009 年登载了朱迪斯·林格·莱恩（Judith Lingle Ryan）的一篇文章，记载她在二十三岁的儿子登山失事之后，如何利用创意写作，试图把儿子短暂的一生，编织进自己的余生，以此对抗四处蔓延的抑郁。

乌克兰沙画艺术家西莫诺娃（Kseniya Simonova）是一位产后抑郁症患者。这位美女艺术家生于 1985 年。母亲是一位美术老师和剧院设计师，父亲是家具设计师，父母亲都不希望女儿走艺术这条路。但她偏偏要走。她说她对"日常生活"兴趣很小，"对买奢侈品买家具的这种日子从来不感兴趣"。婚后，她和丈夫——一位戏剧导演和编辑帕斯卡尔（Igor Paskar）办了一个杂志，办倒了，他们生了个孩子，开始过起了正常艺术家的生活来，那就是一贫如洗。西莫诺娃此时患上了严重的抑郁症，夫妇俩合计到底该怎么办。丈夫说："怎么办，总不能我们全都疯掉吧。得干点什么？搞沙画怎么样？"西莫诺娃说：干吗不？于是她卖掉了自己作画的器材，从一个科学家手里买了几斤适合作沙画的特种沙子。每天晚上，把孩子哄睡后，她从十点到凌晨四点开始练习沙画。后来乌克兰举办才艺秀，她报名参加，一举夺魁，从此闻名天下。

遇到这种抑郁症也不用绝望。塞翁失马，焉知非福，没准你就此成为一个中年画家，忘情于笔墨下气象万千，或者成为一个老年作家，追忆似水年华。要是年轻更好，赶紧去做文艺青年。不过你得肯定你有一些创意和才气。要是志气大于才气，处处碰壁，心理素质又不好，不经摔打，搞不好就把自己给文出病来。

使你的后裔如地上的尘沙

美国出台了一条法律，要求所有雇主，包括宗教组织的雇主，给妇女雇员提供包括避孕在内的医保。此法引起了天主教等组织的勃然大怒。天主教禁止避孕。每天一打开电视我都看到某个主教或者神甫，在抨击该法律。这个问题更是成了共和党总统候选人热炒的话题。摩门教的总统候选人罗姆尼就坚决反对此法，说奥巴马政府违反宪法修正案，干涉宗教自由。

天主教禁止避孕，信徒相信生命天生天灭，天主教家庭的孩子众多。新教通常不这么极端，但也视儿童为人生的祝福。《旧约》中亚伯拉罕所蒙的一个祝福，就是说他的后嗣要如同天上的繁星、地上的沙子一样众多。“这事以后，耶和华在异象中有话对亚伯拉罕说，亚伯拉罕，你不要惧怕，我是你的盾牌，必大大地赏赐你。……你向天观看，数算众星，能数得过来吗？又对他说，你的后裔将要如此。”（《创世记》：

151—155）

中国是一个落后多年的国家，从养育到升学到工作，每一步都沉重。但而今，很多家庭物质条件很好，也未必想要孩子。计划生育多多少少在集体潜意识中种下了“孩子是负担”的价值判断。近来一些香港愤青，甚至称大陆人如侵占其资源的蝗虫。别人怎么贬低你别管，你要知道，我们是堂堂正正的人。

在我去的教会，孩子们非常多。一到做礼拜的时候，孩子们纷纷涌现。为了教会敬拜的安静，讲道前，孩子们从座位上离开，去自己的儿童班学习，大人们起来给他们让路，这时候一下子就看到教会里人少了一半。那个场面是很惊人的，每次我都会想起马寅初。据说他就是回到自己的小村，看到到处是孩子，才产生了人口控制的想法。当初如果他跑到这里来，看到这样的情形，又不知该作何感想？美国历史上有段时期，也在“人口爆炸”说的影响下，试图“零增长”，但根本就未被实行过。甚至某些州在“优生学”名号下的强制节育，如今也被人翻旧账，索赔偿。

上个星期四，一个朋友老婆生下了第四个女儿。预产期前一天，她没事一样，在班上教课。平时看美国的妈妈带三四个孩子，就跟玩似的。孩子多有多的乐趣，但问题也会翻倍，比如他们会打架，争吵。父亲的协调方法，和母亲的协调方法不统一，又会引发他们自己之间的矛盾。一个孩子的矛盾，通常是“区域战争”。两个孩子，容易引发父母当后台的“代理战争”（proxy wars），甚至家里的“世界大战”。所以孩子多了，在精力上，对父母的要求很高。是不是每个美国父母都更加精力旺盛呢？也未必。关键可能还是心态。周围人都生养三两个孩子，自己便等闲视之。经济基础决定上层建筑的说法不说完全错误，起码也是大有偏颇。事实上，人的精神，可改变我们的生活状态。

另外一点，是我们中国的妇女在生养问题上比较迷信，道听途说，相信亲戚朋友和周围人这种被美国人戏称为 old wife tales 的智慧，这是一种极度反智的文化。专家讲的话听的人不多，专家甚至直接被打成“砖家”，部分人的失误被当成整个群体的失败。在这种反智文化中，家长东听一句，西听一句，失了方寸，没有一个确定感，所以会觉得带孩子很累。人内心的疲惫，多半是因觉得自己对于局面失去控制。

假如你觉得一件事有章可循，一切尽在掌握，你就不会觉得那么累。美国人在养育下一代问题上尊重科学，尊重专家行家的意见，不会胡乱接受其他类似家庭的做法——毕竟各个家庭的情况都不一样。去书店，你会看到关于儿童教育的书籍非常众多。另外，我还发现，美国人经常带着危机感，琢磨自己养育孩子的方法到底哪里不对劲。当你看到介绍华人养育方法的“虎妈战歌”响起的时候，不要骄傲，因为兵法云：哀兵必胜。

现在他们又开始琢磨法国人的育儿方法了。

耐心

在网上经常看到飞机晚点，乘客霸占跑道、打骂空姐、拒绝改签最终耽误所有人登机之类的报道，最大的感慨是怎么都这么急躁？我听过一个笑话，说有人祷告祈求耐心，说“我缺的就是耐心，上帝啊，快赐我耐心吧，我等不及了”。飞机晚点或是延误，有时候也是没办法的事。本人比较倒霉，这种事经常遇到。到目前为止，还没有哪一次航班因为我个人的心情而改变过。

五月份回国，飞机晚点很长时间，在日本转机也有延误。我匆忙要回去，次日还要去杭州参加一场签售会，说不着急那是假的。但怎么表现出来，则是在我们自己的控制范围之内。我们在候机室里就等了好久。登上飞机还走不了，机长为了让大家等待不至于太焦急，不断给我们报告最新情况，说是什么零件坏了，机械师说只要零件运过来，几分钟就可以修好。

修好之后，还要登记上维修日志，另外还要恰当地记录下来（properly recorded）。我不知道为什么要知道这些痛苦的细节，我们又不要去考核机械师的业绩。不过又想，如果飞机中途发现故障，那涉及的就不光是耐心的问题了。于是，所有人都把牢骚压住，没有脾气地坐在舱内，听着一遍一遍的通知，大家对视，摇头，然后继续看报纸、杂志，闭着眼睛数绵羊，或是其他一切用以分神的活动。

七月份去新奥尔良，经休斯敦转机。由于休斯敦出现风暴，我们的飞机走不了。不仅我们的飞机走不了，前面的几班飞机也走不了，有的是中午等到晚上，有的是从下午等到半夜，最后几班并作一班，大半夜一起走了。这中间几个航班的乘客都在等候，在排长队换票。甚至是航班情况变化之后又重新排队换票。我想所有人应该都很急躁，办票的柜台也只有两个人，航空公司居然都不增加人手来帮忙。但这中间，没有任何一个人跳出来争吵、发火。我看着这长长的队伍，心想美国人的耐心怎么这么好？

最后，终于要登机了，大家还一个个感谢那两个办票的人。有位老者竖着大拇指跟他们说：多谢，你们应对得很好！这位老者跟我邻座，我后来发现，他是从中午等到了晚上。想来也是，出现天气状况，或是航空公司不增派人手，这都不是那两个办票的人的责任，他们在自己的岗位上连轴转一直忙个没停，可以说认真敬业，值得乘客的尊重。不能好歹不识，把气撒他们身上。后来到了休斯顿，发现延误的飞机很多，机场人满为患，不过我看到大部分人都安安静静，各做各的事。出现这种事，他们知道自己没有办法，那还不如心平气和一点。找别人撒气，解决不了什么问题，更多情况下会造成更大的耽搁。

当然也不是所有人都这么耐心。去年我去拉斯维加斯，在中间一个机场转机。我看到一个男子十分急躁，不排队，冲到办票柜台，言语粗鲁。航空公司办票的人员，高声告诉那人："你最好站到一边去，如果再这样下去，我会拒绝给你办票。"周围的人看着这个男子，如同看着一个异类。那人也没有办法，乖乖走开，到一边打电话去了。看当时的架势，再这样下去，估计办票人员不光是不给他办票，去叫警察都不一定。到时候周围的乘客不会有人给他说好话，因为他的粗鲁是明摆着的。

现在人权利意识都很强，对于服务的期待很高。但是我们都只是消费者，在服务的协议之内，维护消费权益那是应当的。但是一个人千万别把自己当大爷，对服务人员蛮横粗鲁。大家相互依存，谁也少不了谁。"顾客是上帝"的说法其实是极端错误的。上帝是上帝，顾客是顾客。服务的供应和消费方，更多是协议关系，服务交付不了，供应方有责任提供补偿。供应方有责任提供对方购买的服务，但是这不是无限责任，要闹到出了问题给对方下跪之类的地步。而消费者无权在人格上凌驾于他人之上，对人辱骂和不恭。我们所有人都没有粗鲁的权利。

航空公司也一样，也要对乘客多些耐心，多替他们考虑一些。这需要流程的不断改进和服务的创新和改良。五月份那一次飞机延误之后，到了成田机场，发觉转机的登机牌都已经提前打印好了，放在出口处，机场还出具了航班延误证明，以备我们回去的时候给单位、合作伙伴或者家人一个合理的交代。这种高效的流程和贴心的服务，减少了很多冲突的由头，值得其他航空公司学习。

赠人玫瑰手留香

很多美国大学生运动员缺了课，需要补学时。很多人首先想到的是俄克拉荷马西部某公立大学。该大学能让学生用很短的时间，修到所需的学分。不过，课程质量和学习效果引起了不少质疑。

我同样在做这一行，幸运的是，我们开设了一个网络课程短训班。这个被我们称作“新兵营”(Boot Camp)的培训班分多个单元，让老师系统地接受网络教学培训。然后，课程还要经过评估，才可以去上。我原本是个译者，现在的工作把我英汉、汉英翻译的武功全废了。不过冯骥才《神鞭》里的天津卫傻二，头上的辫子被洋人打断后，其技艺转换到了洋枪上。我有时候觉得自己也不过是换了个场合在做翻译，把传统的课程，译成在网上教授的课程而已，这一样是将原版本拆解，在新模式下实现“动态对应”的过程。

在俄克拉荷马西部那所大学面临舆论风暴时，我们领导吉姆有事写信给学校领导和校董会主席，说起远程教育的迫切性，也说到了远程教育质量控制的重要性。他说着说着就跟其他领导大夸我办的“新兵营”。吉姆一有机会，就在不同场合替我张扬。吉姆这人特别好，很多事情替别人考虑很多，他这么做对他来说再自然不过。

过去在国内高校，我注意到有什么事情，功劳首先是领导的，下属再辛劳也默默无闻。吉姆这种归功的方法让人敬佩。

当然，美国由于职能划分细致，“地皮战”（turf wars）屡见不鲜。破了大案，FBI 和地方警员互抢功劳。高速公路上，“高速公路巡警”（highway patrol）和普通警察有时候也抢功劳或者扯皮。不过，在同一个单位或者部门内，上司喜欢把下属抬出来。这有个“门窗”理论：有功劳，把门开着，让别的人有机会进去；有过错，替犯错的人打开一扇窗，让他不致困死。

在出发点上，这做法似乎和抢功劳殊途同归。我在西弗吉尼亚上班的时候有个老板说过：“你们事情做得不好看，我也不好看。你们好看，我自己也好看。”（If you look bad, I look bad. If you look good, I look good.）

抢功劳（claim credit）和送功劳（give credit），在效果上却有天壤之别。做上司的把功劳往自己身上揽，显得自己厉害下属平庸，下属会充满怨气，以后不会真心卖命。反过来，把功劳归给下属，下属受到激励，工作应该更认真。下属的成就，也是上司栽培、启发、引导、激励之功——事实上这种功劳通常更显伟大。如果你是个领导，我鼓励你今天就来试试，把功劳归给下属。

这个道理我想很多人都懂得，只不过是抢是送，还看各人胸襟。有的人分明能把功劳送出去，自己也不损失，仍把它牢牢抓在手里。这不过是靠着本能而非头脑做事，这是修养问题，没有办法。

大去之周

美国大学大部分是宽进严出。读书还是颇紧张的。经常有来留学的学生反映说，在这里一个学期看的书学的东西，超过国内时的几年。国内上大学，一门课下来，很多只有期中和期末考试。而美国很多是每周甚至每节课都有测验，然后中间还有作业，有期中期末考试，甚至还有学期论文。这些任务和测评，有时候多到老师都要严重依赖课程管理系统里面的智能成绩单来统计最终分数。

期末考试之前的那一周，美国很多高校称之为“死亡周”(Dead Week)。这个说法有很多层意思：这一周很多学期论文最终期限到期，而交作业最后期限也叫“死亡线”(Deadline)。

另外，很多学生平时功课不认真。比如春季学期，不少学校有综合演出项目，如春季歌舞会(Spring Sping)。那时候不同的俱乐部为了排节目，恨不得地球都不要转动。学校有很多学生打工族，学习之余，在学校不同部门上班当实习生。一般来说，是全职员工当“工头”管理他们。但是到了综合演出这种时候，这些学生员工一个个都找不到人，以至于“工头”们都无法安排工作。

玩得痛快了，最终还要学得踏实。到了最后大考之前，自然要挑灯夜战，甚至要通宵喝咖啡或其他提神饮品备考。学校经常会在这时候提供免费咖啡和宵夜，供学生取用。这时候学生严重缺乏睡眠，一个个如同小死了一把，又如一个个幽灵，在校园徘徊，眼圈乌黑。

教授们此刻也会非常配合学生这最后的疯狂。我过去所在的一个学校，死亡周有一个传统，老师会半夜赶到学校来，去食堂给学生打饭，让复习的学生半夜吃夜宵迎考。也有搞怪式的“配合”，比如我校有老师化妆成了“僵尸”，说是要直奔学生“大脑”而去。

在死亡周期间，很多学校也会有一些减压的“死亡周”传统。很多学校在这一周会有形形色色的备考传统。越是名校，这些古怪的小传统越多。有的学校在死亡周有枕头大战。有的学校小乐队或剧团，会在这个时候进入大家都在复习的学校图书馆，演出一些轻松谐趣的节目。还有不少学校有裸奔传统，例如耶鲁大学。布朗大学在死亡周期间，会有一批学生裸体走进图书馆做多纳圈烘饼。在哈佛大学、康乃尔大学、哥伦比亚大学，死亡周期间有呐喊的传统，有的还特意选择在半夜的时候，打开宿舍窗户、门大喊以减压。

我做网络课程多年，常听到的一个反对网络课程的理由是网课学生缺了这些"校园体验"。我想这也应该包括开学第一周教授自编自导的那些小品，和死亡周的那些呐喊和裸奔。

闲不住的人

过去我曾经认为,“勤劳善良”太笼统,不能准确地介绍出中国人的性格。哪个国家的人不说自己勤劳善良?这话也对也不对。确实没有哪个国家的人会说自己懒惰邪恶。希拉里角逐总统候选人的时候,拿美国的 productivity(生产率)大做文章,说生产率提高,说明每个人单位劳动的产量提高了,她的结论是“这说明美国是世界上最勤劳的民族”。我一个中国人听了这话,不禁老泪纵横啊。当然,希拉里这么说逻辑上有漏洞,因为其他因素,如技术的革新、工具的改进,也能导致生产率的提高。但这话说明,美国人对于自己过于勤劳,不能充分享受人生,感到十分内疚。

周末去附近一州立公园玩,发现“世界上最勤劳的民族”在休闲方面其实尤为勤快,只要天好,这些公园里到处都是露营的,野炊的。也不是有钱人才这样做,这些公园都是免费的,包括一些相关的设施，什么人都可以来使用。出去度假，有一些普通人家，是弟兄姐妹合伙，购买那种称之为“time share”的度假项目，每年交了会费，可享受一些加盟度假地提供的设施。我一同事，是父亲购买了这种 time share，赠送给几个儿女，免得他们每年感恩节、圣诞节为去谁家不去谁家扯皮。

已经这样休闲的美国人还羡慕欧洲人。

这个月欧洲旅行家 Rick Steves 来我们学校演讲，他的一个说法是美国人工作得太累了。他说欧洲人假期就很多。他展示了一张照片，照片上一群男女划船去玩，当时是星期三下午。他不解，说大星期三下午他们心安理得跑去游览，叫勤劳善良的美国人情何以堪？法国、希腊这些国家假期多，工时短，要是压迫紧了，搞财政紧缩，人家就罢工。据说西班牙还有漫长的午休，其间什么事也不干。去过西班牙的朋友请帮忙核实。

欧洲人羡慕爪哇人。

《万灵节》中，做了一单生意就跑去休假几天的摄影师阿瑟说他小时候看过一本关于爪哇人的书，说“故事中的爪哇人每当挣到两毛五分钱的时候，就跑到棕榈树下坐着。在这些远去的殖民时代，两毛五显然够花上一阵子，因为这人要等这钱花得一分不剩的时候才回去工作”。听去过印尼的朋友介绍说，印尼的马来人确实是这样，并不崇尚无休无止的劳作。

我们中国人相对而言做得多，闲得少。有的是被生活所迫，为了生计只能这么干。曾听人说过：“女人当男人使，男人当牲口使。”已经脱离了生计压力的人，却也闲不下来。这中间有诸多原因，比如过于物质化，从物质积累中寻找安全感，觉得不断积累财富才能平安，“小富即安”是一种指责。在我们的语汇里，“大忙人”似乎是一种表扬。其实真正值得羡慕的，是有休闲这种奢侈的人，包括那些未必有钱，但能不为贪欲所缚，能减少可有可无之需，把时间腾出来去生活，并能心安理得的人。闲云野鹤的旧式士大夫，也不知今日是否还有？其实，我们步子慢一点，悠着点，很多社会问题会迎刃而解。大家都少工作一些，多去休息，一来拉动内需，二来把同样的活，让更多的人做，也能解决不少就业问题。

但愿这样的说法，能缓解您放下别的事情来看本书的内疚。

凑份子的蜜月

小时候，看婚丧嫁娶送礼，常有送重的，比如同时收到三四个脸盆、五六个水瓶、七八条被单，后来一个一个又一个，送入小店全不见。再往后，货币代替实物，大家直接送钱送红包。这都是人情。在含蓄的中国，这人情，大家心里清楚，嘴上不说，羞答答的玫瑰悄悄地开，就好比汉语本身一样——大家知道，汉语里有“因为……所以……”这种词语，也不是总是使用，有时候前后文一连，这种关系就给暗示出来了。这是一种隐性的逻辑关系，但是美国这里常把隐形的、潜藏的东西给显性化，甚至从中找到商机。比如我们说了多年的社会“关系”，以至于“guanxi”都成了一个英语单词，但是我们看到还是扎克伯格率先把这种关系，做成了叫“社交网络”的脸书，现在也上市了。

美国人在婚丧嫁娶、添丁添口的时候，也有这些人情来往。不过我发现也是给做"显"了。我这个月参加了一次葬礼。这种葬礼,你去礼拜堂或者灵堂的时候,要登记一下姓名。你当然可以送些鲜花到墓地,但越来越多的家庭,是给你发信,让你以纪念死者的名义,把买鲜花的钱,捐给某个慈善组织。这些慈善机构通常在网上都有商务网站,你去输入一下信用卡号码和数额即可。太方便了。

如果是生孩子了,孩子出生之前会做一次 baby shower。孩子还没出生,怎么就洗澡了呢?这个 shower,是专门用来收礼的,指的是"礼物"如莲蓬头喷水一样灌下来。通常在这种庆祝会之前,小夫妇会去某个商店,拿着扫描器,看中想要的东西,比如大宝牌二号纸尿布三包、奶瓶一个、奶嘴若干等等,然后系统就为其生成了 baby shower registry 名单。亲朋好友,到了商店,查找这对夫妇的名字,打印名单,然后根据自己的经济能力、交情深浅等,按图索骥去买他们所需的物品,到了 baby shower 的时候带过来。这个办法真的很好,一点浪费都没有,另外由于大家能力不一,有的人买贵的,有的人买便宜的,大家压力都不大。婚礼也是这样,小夫妇常常在某个商店或者网站上登记自己的 wedding registry,大家按照他们的需求去买好了。有的是买好了,商家给你邮寄过去。

大部分这种人情交易,现在都在网络上实现。我今天收到一个同事的婚前庆祝会(wedding shower),上面说小夫妻要去加州某地度蜜月。好家伙,我看这蜜月,是大家出钱让他们度了。小的项目，比如早餐，去某地租自行车，坐游轮，门票等，不过二三十元，大家单个都可以支付。而机票、酒店这些大头的费用，他们给拆成了小份。比如机票大约一千元，他们分成二十份，每人可以送他们五十元。这家网站，叫“蜜月基金”（honeyfund）。

各位有无感到生不逢时？早早把婚结了，电子商务还没出现，还没这些花样。还没结婚的呢？亲，你也去淘宝登记一下吧，假如你微博上一万个粉丝，大家一人出个几块钱，没准把你俩给整到天涯海角三亚三沙。或者呢，你家客厅的灯泡，大家友情赞助一下。让这些友情的小小微光，凑到一起，温暖你的生活——这场景，不由得让我差点要去抒情了。

优秀不是突击

而今房市低迷，很多人的房子放在市场上，过了年把还卖不出去。我们的邻居，房子挂牌二十一天就卖了出去，而且是按照她的要价卖出，一分钱没少，这简直是个小小的奇迹。到底是怎么回事？不排除有人见贤思齐孟母三迁，迫不及待要成为我的邻居，也可能是邻居运气好。但是俗话说得好：你越是刻苦，你的运气就越好。

这位邻居是一个单亲的母亲，带着一儿一女生活。儿子高中没上完，就结婚了，生了个孩子。说美国青年的独立真不是虚的，看一家三口住在家里，这位母亲就把他们全部赶了出去，让他们自己去住，只是偶尔让其回来探望一番。这样反倒减少了很多矛盾。中国人常说三代同堂何等福气，个中滋味，只有置身其中才知道。我越来越能接受美国人这种亲兄弟明算账的关系。不要说这样没有人情味，其实这样才有人情味，因为这是让人去独立经营各自的生活，留出各自的生活空间和隐私，界限明确才能进退有度，来往自如。我们最大的问题是扯不清。关系铁的时候说你的我的分什么彼此，一翻脸，恩怨与亏欠，利害与得失，什么问题都会扯出来。何不学习一下，先小人后君子，让好篱笆促成好邻居。巴以冲突，印巴冲突，北纬38度线，世界上大部分战事，都和界限不清有关。

儿子一家三口被轰出去后，邻居和她的女儿一起住。她的女儿在上高中。这种年纪的小孩，一般事情比较多。三年前我刚来的时候，邻居就说：不好意思，我们家两个Teenagers，以后要是吵着闹着你们了，尽管告诉我。后来我发现这两个人根本没给我们添任何乱子。邻居的女儿还给我们看过一段时间的小孩。邻居自己跑出去度假的时候，特意过来，把自己的电话邮件丢下，说要是我们看到小孩太闹，人太多，立刻打电话与她联系。我后来想，这也是一种负责的行为，是怕自己一走，两个小孩山中无老虎，猴子称霸王，开晚会扰邻。这么提前跟我警告一下，不让我们遇到了这种情况感到吃惊，继而强烈反弹。顺便说一句，在美国居住，如果你预先知道家里要请客，会比较吵闹，最好提前跟邻居打个招呼，免得什么也不说，让人大吃一惊继而怒火中烧抄起电话就拨911。

由于邻居平时对邻里相处很敏感，她和邻里关系都很好。人们买房的时候，四周去打听，大家都会说她的好话。别看表面上是远其亲，近其邻，匪夷所思，实际上这样才算“拎得清”。对自己的儿子，该放手的时候及时放手，让其自己出去住，不让其破坏家庭氛围，让每个人有自己的生活，对自己负责，从长远来看，是一种帮助。

这位单亲的母亲十分能干，我经常下班回家的时候看到她在拾掇草地，浇水。她的家里始终绿草如茵，门口的花圃里，始终开着各个季节的鲜花。一旦换季，以前的花死了，她立刻就换上新的花草。她在砖厂工作，所以还批发了一些砖块回来，自己修了个游泳池。我有几次去借东西，无意中走进她的家，发觉家里也干干净净，一丝不苟，就这样她还经常抱歉，说乱，我四周一看，没看到乱在哪里，看来是她对自己的要求过高，就这样她还说乱。从我们这种文化里走出来的，比较好面子，人前一套人后一套。很多中国家庭对自己的环境比较马虎，不把自己和环境的相处当回事，往往是在有客人到来之前，才使劲去打扫。而屋子往往是越收拾越容易收拾，越不收拾越不容易收拾。平时不扫一屋，到时候莫说扫天下，回来扫这一屋都难。

房子已经卖掉，很快就要搬走。但有意思的是，每天我看她照样到时间就浇水，到时间就割草，收拾得干干净净，不因为马上有别的人要接手就撒手不管。曾经看到一本书，叫《优秀是一种习惯》，书名的这个说法我完全能认同。优秀不是突击，而是习惯。隔壁这个邻居能把她的环境维持成这样，不是要卖房的时候才想起来拾掇，而是平时就一直保持着整饬有序的习惯，不论何时有人来看房，她家都保持在最佳的状态。她在一个砖厂上班，还是个单亲妈妈，生活压力一样很大，能把家里维持成这个样子，可见生活的艺术和物质条件关系不大，和我们对生活的认知关系更大。

“不方便”的真相

学校交换学生去亚太留学，行前有时候会让我们去讲述中国生活常识。记得有一年，我建议上厕所的时候要带纸巾。美国所有厕所都有纸巾，不存在这方面的问题，学生根本没有带纸的习惯。如果不说，他们还以为全世界都这样。这个建议后来就不用讲了。去过的学生回来，一传十，十传百，都知道了这个不太方便的真相。后来听国际学生办公室的同事介绍说，有一年有位家长行前给孩子打包，一半的行李是卫生纸。这个或许有些极端，不过我们提前警告，还算与人方便，否则任由对方遇事吃惊，印象可能更糟。

中国“方便”的事情有时候变得很不方便。“人有三急”，非头脑所能控制，急来能不能及时找到厕所都难说，更别说要自带卫生纸。听国内来的朋友说，去大商场购物，提前都得少喝点水，免得到时候急了没办法。早些年，麦当劳肯德基是肯与人方便的，听说现在也只让顾客去，厕所附近都有保安把守。很多人只看到母亲带孩子急了在外方便，痛陈其素质低下。只不过公厕少、如厕难，都催生出了“如厕地图”，怎么就还没人去解决呢？

这种小事，其实也是民生的大事。近来广州、北京等地，因“男女厕位不等”之故，一些女性开始“占领男厕”。这和占领华尔街一回事，反正二者都是藏污纳垢之地。有人说这是行为艺术。说这种话的人，最好先把自己关起来，要上厕所的时候，憋上半个小时，再来说说这个问题究竟是归行为艺术管，还是归生理卫生管。男厕所前门可罗雀，女厕所前排起长队，肯定是不合理的。不合理就要去改。

这个问题上给女同胞一点方便，我举双手赞成。男厕所建小一点，女厕所建大一点，没什么不好。不过这问题单纯指责男性等于对空放枪，无济于事。不是所有男人都变态，故意要借此事折腾女人。若不是有人发声，很多男性根本意识不到这个问题的存在。还有，厕所其实到处都有，只是不肯与人方便的人多了，这种小事也便成了难题。有没有办法打开这“方便”之门呢？

在美国，上厕所真是方便，大部分商家厕所可供使用。几乎所有加油站都有厕所。去的时候，我们会问一下：我可以用你的厕所吗？但大部分情况下，这只是客套，几乎没有人会拒绝。此外，连残疾人如厕都便利得很，所有厕所都有残疾人专位。

在不少州，甚至有法律规定商家不得禁止他人如厕，尤其是有特殊疾病的人群。这样的法律，叫《厕所准入法》(Restroom Access Act)。此法又称《艾丽法》(Ally's Law)，是以女孩艾丽命名的。艾丽患有肠道疾病，十四岁那年，和妈妈一起在芝加哥外一商场购物，忽然要上厕所，但是附近的厕所是“员工专用”，艾丽和妈妈请求使用。孰料值班人员不通人情，公事公办，不让使用。正恳求着，艾丽的身体扛不住了，结果可想而知。

这个尴尬局面，让小艾丽和妈妈发誓，这种事情以后不会再发生在她们身上，也不会发生在其他任何人身上。她们开始找所在州的女议员，女议员同意草拟专门的法律，要求商家不得拒绝小艾丽这种情况的人使用其员工厕所。该法律提案在州议会全票通过。艾丽继续游说，后来其他十几个州也通过了同样的法律。在更多的州，类似法案正在审议之中，估计通过的会很多。这种法律，通过了大家都不用作多大牺牲，何不行个方便？但是需要有艾丽这样的人，能想到去推动法律来解决问题。

方便不便的问题，为难了群众（尤其是女同胞）多年，受艾丽的启发，我想这个问题，能否请人大代表提交相关提案，通过法律手段审议呢？

优等性别

给一杂志编辑 Randy 写信，称其“某某女士”（Ms.)，连续几次，居然都没意识到自己犯了错误。

我所抄送的另外一位编辑真是女士，后来忍不住发信过来，委婉地说：“你把 Randy 说成更好的性别，他可能受宠若惊。不过这里只是友情提醒一下，他不幸归属男性这个性别。”她纠正了我的错误，也把我的尴尬，巧妙地化解了。英文中有时候把女性说成是 the gentle sex，the fairer sex，the better sex。男性一般不与之争，任其臭美。就好像广告上说老年人“六十岁以上”，有时候他们不说“60 years and older”，而说“60 years and better”一样，年轻人不管，知道不过是一群老顽童在自欺欺人。

Randy 这个名字我周围人中间没有，对我来说是陌生的，我不知不觉将其和以前认识的一个叫 Sandy 的人混淆了，后者是女性。

一调查，发现美国人名字中比较“中性”的词（Dual gender names）还是不少的，比如 Eddy，可男可女。男女 Eddy，我都认识一个，有时候打电话还会搞错。很多名字是父母先选好，等着孩子出生后再给的，有的是不愿意先知道性别，所以取个中性名字，比如：Jessie，Casey，Riley，Peyton，Sidney，Jamie，Ariel，Skylar，Eliott，Sawyer，Cameron，Micah，Logan 等。还有一些名字，男女皆可，只是拼写有所差异，比如男的叫 Paul，女的叫 Paula。还有一些父母，不知怎么想的，给家里的男孩取了女孩名字。很多孔武有力的牛仔，居然是女孩名字。真要遇到西部片那种举枪互射的阵势，对方叫一声：动手吧，Nancy boy! 还真不知是被打死，还是气死？牛仔的女性化名字，安妮·普鲁在小说里介绍过。可能是一家阳刚，需要取个女孩名字，压上一压吧。

进入汉语的口岸之后，这些模糊的名字，就要重新申报了。男 Bergman 是伯格曼，女 Bergman 是褒曼。男 Jessie 是杰西，女 Jessie 是杰茜。男 Monroe 是门罗，女 Monroe 是梦露。你看我们翻译多好，把串掉的性别串回来，让其各从其类，秩序井然。只不过我一直不知道 Vanderbilt 家族的人怎么办，我只有一种对付的办法：范德彪。

以后不敢肯定的，先得去问问人，上网查一下。偶尔弄错，他人可以原谅。不过也有一些人会耿耿于怀。我刚到学校来的时候，有一次根据名字（多为女性用）望文生义，把一老同事误当作女性。他电邮里也没给我澄清。但是后来做事，挑刺最多的也就是他，我不知道是不是因为当初的事，他对我印象不好。

不过他对奥巴马、iPad、最新版的 Outlook、身上长斑点的狗，甚至我们这里的雷霆队，印象也一样不好。或许，是一个不幸归属非优等性别的人，到了六十岁或更好的年龄之后，好多事情看不开，成了凡事都看不顺眼的乖戾老者吧。

草婚

晚上我在后院打扫卫生，余下三个人去散步。回来的时候，“腐败分子”告诉我，路上遇到附近一邻居，邻居说不搬家了。

我问为什么不搬家了。

她说那邻居和男朋友闹崩了，不结婚了。

“腐败分子”说你看我们老两口儿，吵了十几年，也还拴在一起，老美倒是好，说结婚就结婚，说离婚就离婚，一点都不带凑合的。

我倒没想到这个，我在想车库里还有半瓶农药怎么办。

大约一个多星期前，我出门，邻居告诉我，她要卖房子了。

我说好好的卖房子干什么。

她说不够住啊。

我问怎么不够住呢？

她说她要结婚了。

我正要说恭喜你啊，但说时迟那时快，我想起了初中英语老师说的一番话来。女人结婚，你说恭喜你，就是骂人家嫁不出去，用流行的话来讲，就是说人家剩女。何况邻居孩子都快上大学了。所以我嘴巴张了半天，不知道说什么好，最后我说："哦。"

想了想这个表态也不大好，于是又补充说："好事啊！那个幸运的家伙是谁？"

她说对方也有两个孩子，上初中。婚后，两家并作一家，三口人变成六口人，双方都准备把房子卖掉，买个更大的房子。由于要卖房子，她把屋子前面的草坪弄得漂漂亮亮的。

我家草坪百花齐放百家争鸣，被美国人当成毒草的东西，如蒲公英，我们中国人觉得很好看的。反倒是这百慕大草，在我看来像是"野草"，所以按照美国的标准，我的草坪惨不忍睹。当然，他们喜欢一片绿荫，我个人喜欢姹紫嫣红，观念不同不相与谋。另外我天天写这些博客，日理万机，哪里有空收拾什么草坪，顶多是象征性地出去拔一拔所谓的野草。所以我就跟她说，红花再好也要绿叶相称，我这草坪这么悲壮，把你草坪一衬托，顿时鹤立鸡群，你这房子，说卖就卖了。

她说不然，俄克拉荷马风大，风一吹，我家草籽就会飘到她精心收拾的草坪上，买房的人如果看到小区这种草坪，就不买房子了，所以最好我也给弄一下。

我说那是当然，不能耽误您婚姻大事。我们邻居是很好的邻居，所以本着睦邻友好的精神，为了中美两国千秋万代的友谊，我立刻跑家得宝商场，买杀野草的药，狂喷一气。可惜我那水管长期不用，豁了一口子，我一接上那喷药的瓶子，水一打开，药水向四面八方乱喷，首先喷了我一头一身，我自己差点没给毒死，狼狈不堪。

但我家草坪不大，狠狠喷了几遍还没喷完，剩下半瓶准备过几天再喷一次，可是计划不如变化快，这下好，她婚又不结了！

冰婚

我在俄克拉荷马的时候，被冰雹袭击多次，屋顶两次更换维修。本以为到了德州，就万事大吉了。不过我到德州后，听到几个说法。

第一个说法是，Don’t mess with Texas Women. 不要惹毛了德州女子。小区一女，刚搬来半年不到，丈夫换到不知是第几任了，最近又有新人上任。吾家小狗，极富正义感，十分不满新丈夫替代老邻居。老丈夫来，它趴在地上，假寐。每次新丈夫到他家门口，小狗必狂吠。我不知如何告诉它，有空管这事，不如去拿耗子。这女子小小的个子，硬是征服了半个排的男子，想踢谁出去就踢谁出去，就好比一王牌守门员似的。这是后话，以后再说。

第二个说法是，Everything is bigger in Texas. 德克萨斯什么都大一号。我这话没有别的意思。我纯粹在说天气，呵呵。

且说两周之前，我在家坐着，minding my own business，忽闻窗外巨响。不知道是哪一个讨债鬼，隔墙砸砖头。我没在意，回头继续上网。突然乒乒乓乓声纷纷响起，一看外头下冰雹。好家伙，冰雹比网球还大。我长这么大，就没见过天上这么密集地在朝我们家砸石头。巨响声此起彼伏。好像进入了流星雨阵。果然，德克萨斯什么都大一号，包括冰雹。

冰雹持续了好久，奇迹一般的是，我家玻璃居然一块没碎。可是垃圾桶被砸了个大洞，一盏灯被砸断。下冰雹的时候也有风。奇葩的是，我一只皮鞋不见了。我一共只有一双皮鞋，球鞋被狗咬了。现在我只能穿拖鞋。我想你要是两只一起给刮走倒好了。剩下一只我怎么办？我于是给扔垃圾桶里了。可是过了几天，另外一只又从一个角落里出现了。于是我又从垃圾桶里给捞出来，让其速配成功。不要介意一个穿脏皮鞋的中年男。《莫斯科不相信眼泪》里的男主角一开始就是以脏鞋出场，结局十分完美。

冰雹停住，我带着小狗去小区视察，看到在这三十分钟内很多车被大自然改装成了敞篷车。很多人的窗户给砸得稀巴烂。我看到有的人家屋顶，已经给砸出了洞。我看到有彪悍的德州女，亲自站在屋顶用塑料布遮挡可能会漏雨的地方。后来我们也让保险公司来看我们屋顶，发现也被砸坏了，需要更换。这是我到美国后第三次茅屋为秋风所破。我应该去买彩票了。

不过有保险，没有关系，保险公司都会赔的。来给我们修屋顶的老者说，这次冰雹一下，本地屋顶公司的生意可以做两年。修屋顶的要排队。屋顶是一个房子最重要的投资之一，一般人都不敢找外地人做，怕修得乱七八糟最后跑路，那就惨了。但是到了这种时候，一般外地修屋顶的公司会闻风而至，有的找个当地人合作，冒充本地公司。接下来的几天，我们小区修屋顶的公司卡车来来往往，如过江之鲫。我们小城这几天创下了世界纪录：每平方英里之内修屋顶公司最多的城市。这种灾难，也很能刺激本地经济发展。等你这一轮屋顶全修完了，下一轮冰雹估计又砸过来了。

遇到这种天灾总是几家欢乐几家愁。修车的，装玻璃的，修屋顶的，全像中了彩一样振奋。我那几天车在维修厂修，本来要一周之后才能拿，但是老板提前两三天就打电话说修好了，因为他得赶紧修完腾地方修别人被冰雹砸的车。很多人的车子被砸得像上了战场一般。不仅玻璃全碎，车身上还全是坑坑洼洼。

处在灾难区的人，对此已经见多不怪。我夫人以前有一同事，女，即将结婚。美国婚礼女方出钱的很多。该女没什么钱。那时候正是冰雹季节。她每天把车停外面，等着冰雹来砸。一砸，保险公司就赔钱。赔了钱，她也不去修那破车，反正也不值几个钱。严格地说，这么做不妥，可是人家估计是要急用钱结婚，铤而走险了。

伊等啊等，等啊等，终于，俄克拉荷马的天空，嘈嘈切切错杂弹，大珠小珠落玉盘，把她车砸了。她修成正果，把婚事办了。听了她的故事，我终于明白什么叫“破窗效应”了。

闯黄灯

2013年初，一则“闯黄灯”要扣分的新法规，在网上引发了一场争议。几年前我在美国这里，自己遇到过一次闯黄灯的情形。

那是有一年的新年夜，我们去小镇中心观灯。回来后，到了左转的车道，遇到了黄灯，但是后面跟着一警车。黄灯转红灯，间隔时间不长，我该怎么办？

陀思妥耶夫斯基在小说《白痴》中，描述了人在紧急关头，一秒能掰成四分之一秒这么小的单位来用。“临死前这真正的几秒钟，很少有人晕厥！相反，头脑十分活跃地运行着，工作着……像一台开足马力的机器。”（荣如德译《白痴》）

遇到一个警察倒不至于这么紧张，不过那一刻脑子也是飞快在转。我在想是不是应该停下。但又看这大年夜的四周车子甚多，对方会不会责怪我阻碍交通？于是踩了油门拐了过去。刚一拐弯，后面那警车灯就闪了起来。

我在路边停下。警察下车，过来问我知不知道自己错在哪里。

我说不知道，刚才是黄灯，不是红灯。

警察说，没错，但是你可以选择停下。我看到你刹车灯亮了一下，你踩了一下刹车，然后你又开了过去，说明你知道你可以停下来，但你还是选择了前进。

这哥们儿有意思，通过我的刹车灯分析我的心理，说起来一套一套的，不知道以前是不是学心理学的。我当时有些不服气，心想这个逻辑能不能说得通？要是有人在路上看美女一眼（当然，这不是说我，欢迎大家对号入座），这人各种人体器官都有，犯罪条件充分，那算不算强奸呢？

我说人这么多，我怕你以"妨碍交通"来治我。

他拿走我的驾照，问了下我的单位，然后回到自己的车子里，出来给了我一张警告单而不是罚单。从此之后，快到路口，我都开慢些，遇到黄灯宁可等等。警察没理由因我们的保守式驾驶来治罪。我在纽约有个同学，说即便是黄灯变绿灯了，他也要两边看看。他说谁知道，没准就有个急性子追黄灯尾，从侧面开过来，正好撞上。

我后来想想，觉得警察说得颇有道理。驾驶过程中，遵守非绿即红的铁规则自然重要，但是更为关键的，还是我们脑子里的判断。黄转红的一念间，等一下没太大损失；冲一下，若有错误，可就人命关天了，这需要我们根据当时的路况准确判断。那警察有他一念间的判断。他也有他的黄灯，是给我罚单，还是警告，最终他选择了摆事实讲道理，给我上了很有警醒意义的一课。

如何少吃罚单

每次回国坐别人的车，我就自觉系上安全带。驾驶者常说这儿没事，不用系，警察不来抓的。说得我很不好意思，仿佛侮辱了他人的驾驶水平。系安全带不是给警察看的，而是为着自己的安全。系上不费什么事，不系，出了事损失就大了，建议大家接受这一“束缚”。

在美国，我开车很规矩。即便这样，还被警察拦过多次，多半时候被警告。有一回，我在三天之内，吃过两张超速罚单。头一次是在高速公路上，上了超速的车道，边上车子都不减速让我，我回不到慢速车道上，恰巧又在聊天，不知不觉忘了车速，于是被罚。两天之后，遇到学校开学，我忙了一天，极其疲惫，不知不觉大意了。那时碰巧在富人区，车辆限速从每小时四十五英里减到了四十英里——可能富人的命更值钱，也可能是罚附近富人更过瘾。总之，我没有注意到限速的小变化，又超了。

不过这两次警察看我为人本分，不像作奸犯科之徒，还把我的罚单下调，只交罚款，但不进入记录。从此之后，我每次开车都严格按照限速开。这是我回答本文标题的唯一正确答案：减少罚单的唯一办法是照规矩来，别去违章。很多美国人，一辈子除了停车，什么罚单都不吃，就因为每一次都守规则，从来不侥幸。钻空子的人早晚会被抓住。

罚还是不罚，罚多少，尺度由警察把握。据一些卸任警察介绍，抓到后不要抵赖，否则警察火气很大，好像你在指责他不知道自己在干什么。问清情况后承认错误，如果警察心情好，还能放你一马。

今天我又从新闻上看到一纽约警察现身说法。他说警察也是人，他们最担心司机铤而走险，拿武器出来，威胁其人身安全。被警车盯上后，最好停了车，把手放在他看得见的地方，比如方向盘的顶部，免得他以为你会掏枪。这么做，警察情绪会放松起来，接着放人也未可知。

这位警察还说，如传说中讲的那样，美女露点大腿、乳沟，很多警察会被麻痹，放她们一马。怪不得车展上的香车之前，美女们总是那么的暴露。可怜我们男的，什么货也没有，要是东施效颦来露大腿、乳沟，会被当成变态狂现场逮捕。

不过，男人有男人的办法。网上有一哥们儿说他有次跟老婆一起开车，超速被拦住。他下了车，跟警察说他老婆一直在边上唠叨、咒骂，他疲劳至极，加速了自己都不知道。警察放他回去之后，他大喜，跟老婆说自己如何脱险。他老婆不满丈夫拿自己当借口，冲他咆哮起来。

这时，刚才的警察从快车道开过来，摇下了车窗看着他。不知道这警察是不是欲擒故纵，看他是不是说实话。哥们儿不慌不忙，指了指表情丰富地在河东狮吼的老婆，警察冲他一笑，摇了摇头，油门一踩，加速走了。走时那警察一定在想：可怜的家伙，够不容易了，还开他罚单，那我还是人吗？

俄克拉荷马的雷锋班

教会礼拜结束之后，有一段时间叫"家庭时光"（Family Time）。基督教的教会，有时候有些"四海之内皆兄弟也"的豪情，把成员视作一家人。当然一家人之间，有磕磕碰碰，也有其乐融融。"家庭时光"就属于其乐融融的时候。

"家庭时光"的内容比较丰富，这通常是我听得最聚精会神的时候。发言的人，有的说自己的老伴生日到了，有的说自己的女儿被选上学校乐队了，有的小孩说她快当大姐姐了（告知大家她妈怀孕的消息），还有小孩说自己掉一颗牙齿了，甚至说自己快要去加勒比海度假了。总之，包罗万象，无奇不有。教会除了礼拜之外，也是一个重要的社交场所。对很多人来说，这甚至是唯一的场所，所以很多人利用这个时间，向"大家庭"介绍各自小家庭的新闻。

今日"家庭时光"中间，有一位老者站了起来，说他叫莱瑞，过去来过我们教会，但是已经好久没来了，主要是身体原因。两年前，他毫无征兆地突发心脏病。本以为离开了教会，就不会有人再来理睬他。谁知道不断有人去医院探望，不断有人给他寄卡片，不断有人为他祷告，他的心脏病后来痊愈了。大家正要鼓掌，他又说：等等，我还没说完。他说，心脏病康复之后，他兴致勃勃地开始修建自己的谷仓，倒霉得很，又从梯子上摔下来，把脚踝骨摔断了。隔壁邻居马克，也是我们教会的一个成员，看到他这状况，说我找几个人来帮你给修完。于是教会一伙男子，抽了几个星期六时间，一起把他的谷仓修了起来。他一一报这些人的名字，报着报着就控制不住哽咽起来。

不久，又有一位老者站起来，说巧了，他家篱笆也是这伙人帮着修起来的，所以一并表示感谢。我这才发现，这是一个利用周末时间帮人的团体，其中包括我的老板，学校负责 IT 的副校长。记得前年下大雪的时候也有人说过，他正发愁怎么出门，约翰就用皮卡拉着自己的吹雪机过来，把他门前雪给吹走了。

3 月 5 日是“雷锋日”。不过在教会里，这样的“活雷锋”比比皆是。有很多干的还不是去火车站扫地这种小事，而是给人修篱笆、搬家这种粗活重活。以前在田纳西有个何姓先生，几乎所有中国人家搬家他都跑去帮忙，说是当锻炼身体。几十年下来，这些好事做了都不知有几火车。不过多半情况下，这些人只不过是默默在做，知道的人也不是很多。能这么做，终归是因大家觉得同心合一，互为肢体，如此才可患难与共，相互扶持。只要人们对自己要做的事情能赋予意义，“活雷锋”到处都是。倘若只是走形式，那么当四月的清风降临大地的时候，“雷锋们”就随风而逝了，直到下一年的三月。

给贝蒂小姐开车

有位美国译者曾经跟我哀叹，美国黑人性格里有一种非常独特且可敬的特质，可惜慢慢被漂白了。美国南方黑人，在美国很多文艺作品中，以被压迫、受欺凌，但坚韧、善良、虔诚的形象出现。凯瑟琳·斯多科特（Kathryn Stockett）所著的小说《相助》(*The Help*)，就是一个典型的例子。福克纳小说《喧哗与骚动》里，让摇摇欲坠、关系崩溃的康普生家族得以维系下去的，也是他们家的黑人厨子迪尔西。白人、黑人之间，跨越种族的分歧，友善和相助，也展现了人之为人的伟大一面。

1989年，美国出产了一部电影《给黛西小姐开车》(*Driving Miss Daisy*)。黛西小姐是住在美国南方的犹太寡妇，儿子雇了黑人霍克（摩根·弗里曼饰演）给她当司机。喜欢独立自主的黛西开始百般不愿，霍克最终赢得了她的信任和友谊。此片以它的温情和良善，感染了很多人，也赢得了四项奥斯卡大奖。

最近我从校报上看到一个真人版故事。不是黑人司机给一个白人开车，而是一群学生给一个黑人开车。这些学生多为白人，家境良好。而贝蒂是一个失助的老年黑人。

贝蒂在学校食堂甜品柜台上班。食堂食物常有变化，意大利餐、墨西哥餐、中餐，味道好坏不一。据校报上略带戏谑的报道，食堂也有三不变：一不变是高中学生来校参观的时候食堂伙食一定变好（估计这样更吸引学生报考我们学校），二不变是负责刷卡的路易丝会把带食物出去的学生叫住（食堂是自助式餐厅），三不变是贝蒂每天准会按时出现在甜品部橱窗后面。

贝蒂上了年纪，无儿无女，腿脚不便。过去她在麦当劳上班，负责汽车餐厅部（Drive-through）收银。有一天，我们学校的一个学生去就餐，和她认识，带她去上她所去的教会。贝蒂在此受洗，成为基督徒。这个学生还介绍她到我们学校食堂上班。学校食堂安排她在甜品部，每天上午十点来上班，下午两点离开。她不能开车，于是女学生每天开车接送她。

后来这个学生毕业了，离开了这座城市。走之前，她让自己的一群朋友承诺继续接送。但大家有时间上的各种冲突，未必都能衔接上。此事被学校的老师杰夫·迈克米伦和学生处主任尼尔·阿特得知后，广而告之，鼓励学生接送贝蒂小姐。学生们得知，十分热心，开始了“给贝蒂小姐开车”的义务活动。这爱心接力不是昙花一现的善心爆发，而是细水长流的长期帮忙。大家天天接送，持续了两三年。

贝蒂小姐和学生们关系很好，称来食堂就餐的学生为“我的孩子们”。来接送她的孩子们，也不把接送当成一种负担。有个帮忙的学生在校报采访中说：“我发现贝蒂小姐是个很值得结交的朋友，给她开开车，有机会和她多多相处，也很不错。”很多人帮忙，以恩人自居，姿态居高临下，总觉得对方应该感恩戴德。我校年轻人觉得此事可乐之好之，心态阳光。故写此一文，让佳话传扬开来。

一生在眼前闪过

这几年美国大规模暴力事件频发。发生地偏偏都是些平时貌似安全的地方。2012 年 7 月 20 日，科罗拉多州丹佛市《蝙蝠侠 3》首映礼现场，犯罪嫌疑人詹姆斯·霍尔姆用多种武器，向观众扫射，造成十二人死亡，五十九人受伤。12 月 14 日，康涅狄格新城小镇发生震惊世界的校园枪击案，造成二十名儿童和八个大人（包括凶手及其母亲）死亡。

美国媒体在掘地三尺找这些悲剧事件的成因。有电台约请研究大规模凶杀案的专家讨论。专家说，事后大家都可以做诸葛亮，看出凶手的异常。不过在此之前，并没有办法据此规律，去监视类似的人。很多表现出同样特征的人，最终什么坏事也不做。而平时一些看上去好好的人，不知什么时候会突然崩溃，大开杀戒。凶手的动机不一，防不胜防。

遇到了这种事如何去应对，则是各人自己的选择。康涅狄格校园枪击案中，学校校长道茵·霍克斯普郎、校心理医生玛什·舍拉克，案发时选择冲出去与枪手对抗而保护学生，结果不幸殉职。二十七岁的老师维多利亚·索托，用身体挡住子弹，保护班上的学生。这些人，让人看到了普通教育者的勇气和大爱。

最近我有幸听到了俄克拉荷马城大爆炸幸存者艾米·佩蒂口述的幸存经历和她后来的选择。

俄克拉荷马城联邦大楼爆炸的时候，佩蒂在一家联邦信贷机构上班。爆炸发生时，她正在和一个同事说话，突然一声巨响。整个大楼的一侧、楼体三分之一体积被炸飞。佩蒂掉落了三层楼，埋在一堆瓦砾之下。她听到有人在喊："耶稣救我，耶稣救我。"后来她发现是自己在喊。

过了好久，消防和救护人员循着声音，找到了她所在的地方，拉住了她的手。她以为对方会喊"一二三"，就把她给拉出来。但是身体压在瓦砾下，根本没那么容易救出。不巧这中间又有一个消防队员在喊："还有一颗炸弹，所有人员撤离。"事情发生时，没有人知道到底发生了什么，一时间草木皆兵，出现了个公文包大家也以为里面藏着炸弹。

那位消防队员没法一下子把她救出，只得遵命撤离。撤离前，佩蒂让他带话给她丈夫，说她爱他。

佩蒂一个人困在下面，什么也不能做。在那漫长的四五十分钟，她开始祷告。她不知道自己能否获救，但她突然觉得很平安，觉得一切都会好的，哪怕不能被救出去。她想“炸弹”随时可能爆炸，在那仅存的短短一段时间，她说自己的一生一幕幕在眼前闪过。

她想起了自己在高中的失败，大学的退学，和生活里的种种马虎和放弃。“如果让我活着出去，我不会接着这么过。”

经过六七小时的营救后，她活着出来了。

佩蒂所在单位的三十三个人，爆炸中死了十八个。佩蒂在重建中担负了非常重要的角色。她现在是该机构的首席运营官和副总裁。她的机构每年都赞助大爆炸纪念馆的作文竞赛项目。今年我女儿也是获奖者之一，所以我跟着见到了她，听到了她感人的描述。

佩蒂说，获救后，她完成了以前放弃的大学学习，接着拿了硕士学位。爆炸前她是个大胖子，幸存后她开始减肥，减掉了两百磅。她开始跑马拉松——虽然跑得很慢，但总能全程跑完。她还开始去俄克拉荷马城大爆炸纪念馆做义工，给访客尤其是青少年讲述她的幸存故事和她的人生抉择。她成了俄克拉荷马州的励志姐。

“人生无常，我们每个人都可能被压在一堆瓦砾下，学业的困难、财务的重担、失败的婚姻，很多事情我们会不幸遇上，不过如何去应对，却是我们的选择。”这位如今苗条、健康、成功，且充满爱心的幸存者说。

银行家和赞美诗

我们这里是小地方，平日静悄悄，圣诞快到了，这里热而不闹：家家户户张灯结彩，各样社区演出多如牛毛。每天我们都可以去听音乐会或看演出。很多以前没听说过的乐队和表演群体，雨后春笋一般冒出来。有高中生组成的乐团，在附近社区演出。我们学校有传统的“巧克力和赞美诗”节目：学校学生献唱格列高里圣歌和英文赞美诗，中场休息的时候大家在室内乐团伴奏下，喝着热巧克力聊着天。

附近一些民间机构，也为圣诞赶制了节目。这里有座小山，山上有个教会，叫亨德尔山教会。该教会每年都制作一部大型圣诞剧。这种圣诞剧，也叫道德剧（Morality play），从中世纪时候就已经有了，希望用娱乐的方式，传讲一个道理。如今的教会仍常使用这种形式。小一点的教会小成本小制作做小品（skit），我自己就写过。而大型的教会有大制作。

今年亨德尔山的节目，是一部音乐剧，中间穿插着不少传统圣诞赞美诗。音乐剧里说一个叫 Circleville 的小镇上，某银行家貌似不愿帮助附近贫民区，热心肠的女儿一气之下离家出走，去贫民区支教。后来我们发现，这是银行家用激将法，激女儿出去做点有价值的事，不做无所事事的富二代青年，耽搁一生。

在贫民区，这位“白富美”女人，遇到路过这一带的银行劫匪三兄弟。其中一个劫匪，被安排接近银行家女儿，与其恋爱。劫匪假戏真做，爱上了对方。但其计划被识破，银行家女儿“绑架”了男友，将其关起来，不让他进入警方伏击的圈套。银行家见女儿和这个有意回头的浪子真心相爱，便赔付了这个毛脚女婿以前抢劫的赃款，让他可以不被法律追究，可以清白做人。劫匪金盆洗手，娶了他的女儿，做了银行家学徒。后来银行家中风，劫匪继承了他的事业。故事的寓意是，人人都是罪人，上帝也白白付出了赎价，让人类重新开始。

音乐剧场面宏大，比如镇上的舞会、会议，和贫民区儿童演出圣诞剧的场景。剧里每个细节都很考究，情节也颇复杂，“戏中戏”环环相扣，看得人眼花缭乱。编导演的几百人，全是教堂会众的业余演出。演出结束，大家自愿捐献，这些钱捐给国外的一个慈善组织，和一个附近的慈善组织——该组织将用这笔钱帮助没有医疗保险的人看病。

俄克拉荷马是一个深红州，奥巴马的全民医保计划在这里非常不受欢迎，政府出手支持穷人的任何项目，通常会千夫所指。为什么有这么多人，自愿排演这种道德剧，来宣扬扶危救困？这一点看似讽刺，实则自然。扶危救困未必要靠政府收钱重新分配财富。帮人谁不会啊？

拿他们制作的这一节目，和最近我看的其他节目的水准相比，我想任何人都会承认，民间蕴藏着巨大能量。

卡拉 OK 的随想

有朋友问我美国人唱卡拉 OK 的多不多。记得这是日本的发明，却没像丰田一样，在美国满街都是。卡拉 OK 倒在中国大陆遍地开花。美国卡拉 OK 并不是特别流行，我只是在秋季的州集会上看过。有时候单位组织活动，也偶尔举办一些卡拉 OK 活动，但实在少得可怜，见不到国内 K 歌的盛况。

卡拉 OK 不常见，皆因正式演出更多。美国中学通常都会安排学生选修一门乐器，各个学校都有自己的乐队。我女儿马上上初中，初中早早地就送了相关资料到小学来，让家长和学生提前选孩子们可能喜欢的乐器。为了便于挑选，中学还抽专门时间举办 band fair，或是 orchestra fair，让孩子自己来看来选。

由于基础阶段重视音乐教育，美国巴掌大个小镇，随随便便都能拉一些人来举办各种各样的演出。圣诞期间，去商场、教会、博物馆，你动不动就能看到一小撮人在那里表演，且水准都很高。除此之外，很多教会有唱诗班，也会经常练歌。我所在教会是清唱传统，唱诗的时候只有一个人领唱，没有指挥，但是各声部错落有致，有条不紊，如天籁之音。欧·亨利的《警察和赞美诗》中小偷听了赞美诗，瞬间石化的场景，我很能理解。

如今的中国家长，对于音乐教育重视很多。有时候我想，中国家长都逼孩子学琴，除非功利熏心，要成名成家，否则未必是坏事。让一代的孩子音乐素质都提高起来，让下一代的人生更为细腻优美，脱离庸俗，其善莫大焉。人活着，如果没有文艺的熏陶，就知道饮食与男女，人生也是无趣的过程，与兽类无异，也不好过我们这样野兽凶猛的一代。重视是好事，但应多一些选择，这样才能凑起来办演出，一千个人都弹琴，舞台上摆不下，也非百鸟争鸣的真正和谐。

我当年读书，没有学过副科音乐，惨成乐盲。所以教会问我愿意做哪些事，我说很多都可以，没准一时圣灵充满，说起中文方言，但千万别让我领唱，我没有能力带领几百人一起跑调。

偏偏学校又是一博雅学府，重视文艺素养。所有学生都必须选修文艺欣赏（Perspective in fine arts）的课程。学校也经常举办话剧、歌剧各样表演，各种古典音乐表演每年都有很多场，我上周刚去听一室内乐演奏，下周我们还有一歌剧表演，另有一场州里青年艺术家比赛的汇报演出。

我印象最深的是清唱剧团（chorale）每年圣诞节举办“巧克力和赞美诗”演出。演出时唱各样赞美诗，演出后的招待会上喝热巧克力。这演出几乎场场爆满，持续了几十年。过去四十年是 Dr. Ken Adams 负责，他马上退休了，招来了一位新老师。几周前，这位老师听了乐团送别 Ken Adams 的演出后，一头是汗，称这么重的担子怎么接得下来。该演出，社区到处都有人来听，甚至有校友从大老远赶过来听。演出场面实在震撼：你坐在礼堂中央，清唱团男女着盛装，从两边包抄过来，用那古老的格列高里圣歌，把你包围在中央，冲击你，熏陶你。那时候能理解，为什么人能够在永生之中，不需要做别的，只听天使弹奏竖琴。我女儿的老师曾告诉她，撒旦本来是天堂里的音乐天才，只是他率领天使叛乱，现在天堂里音乐人才紧缺，所以你们小孩子要好好学习音乐。

听学校 chorale 的演唱，我感觉像只围栏（corral）中央的牛，被人对牛弹琴着。如今的参与文化下，像我这帮人，能参与的，也不过是唱唱卡拉 OK。卡拉 OK 机在美国的中国人家庭里比较普遍，尤其是从大陆过来的家庭里。很多家庭聚会之后大家就唱卡拉OK，尤其是老一代出国的人，一扯嗓子，《智取威虎山》，或《奇袭白虎团》，忘情处，一帮入了美国籍的中老年，在美国人家的隔壁，唱起打倒美帝野心狼，让人感觉时光错乱。

老年人比较喜欢卡拉OK。在西弗吉尼亚我遇到一老者，说有肺病，后来买了一台卡拉OK机，每天吼半小时，他说管他唱得好不好，权当练肺，他肺病果然好了，估计邻居疯了。

聚会时候大伙儿这么一唱，基本上就知道谁谁谁是什么时候出国的了。海外中国人是中国现当代流行文化的活化石，而且各个文化时期的都有。比如二十世纪八十年代出来的老留学生，熟悉的是李谷一、蒋大为这些人；二十世纪九十年代出来的，熟悉的则是黎明、张学友、周华健、刘德华；2000年以后出来的，估计喜欢的是F4这些人了。再往后我都不知道谁喜欢谁。当然也有一些人横扫千军万马，万人迷，比如张曼玉，比如周润发，比如刘德华。而今新人就没有这么大的影响力了。新人本来就多，流行的周期短，大家娱乐的选择也多，另外网络时代，大家注意力周期都很短。新人想出头，怕是越来越难了，就是去设法“走光”，或用其他各种路数炒作，也难有当年歌星的风光了。

成为“活化石”不仅是年龄问题，还有个接触的问题。在中国，新一代歌手出来，总是到处放他的歌，你就是不喜欢，也得被动接受。这是“推”（Push）的欣赏法。推到耳里的歌曲听多了还是有些耳熟的。出国后，你想听谁的歌，还得想办法去找，去下载，去和人家交换，这是“拉”（Pull）的欣赏。日子久了，发现美国娱乐的品种也很多，就没有兴趣再去找了。听李谷一的，由于教育孩子的需要，去听Ave Maria了。于是把过去仅存的一点私人喜好，也收了起来，让其慢慢淡为记忆。

琴声下的牛

在学校工作，有诸多“灰色收入”：运动队的比赛，戏剧系的话剧，音乐系的音乐会。

星期二晚上，我去听了一堂希思·琼斯老师主持的爵士乐表演。表演者之一是著名的托尼·莫诺克。莫诺克的乐器是B3型的哈蒙德琴。该乐器英文原名为Hammond Organ。Organ即为管风琴，教堂唱诗时使用很多。有一些教堂资金不足，便以便宜些的哈蒙德琴取代。后来，哈蒙德琴广泛使用于爵士、蓝调、摇滚和教堂音乐中，成为“最美国”的乐器。

莫诺克表演的时候，浑身上下都在动，如同一条在音乐里游动的鱼。他不仅双手在忙，嘴也一直张着，配合着曲子，有时像在大喘气，有时像要吞下琴键上飘出的所有音符。整场演出中他口型不断变化，仿佛有看不见的烟，从他的体内一股一股冒出来。有歌唱道：“当一个人的心在燃烧的时候，他的眼里都会冒烟。”

一个好的乐手，其激情会传染，能把周围乐手调动起来。有个爵士鼓高手也来参加演出。这个年轻小伙，拿的不是鼓槌，而是两把刷子，在鼓上或敲或擦，使得鼓声虽近犹远，如林中沙沙雨声。把鼓敲得喧天响的很多，这种声音的新造型还新鲜。吹萨克斯的希思·琼斯也被一众高手给催高了，间歇的时候笑称今年圣诞不需要礼物了，这样的演出就是最好的馈赠。一个潜心于音乐的人，能从这样的演出当中，有不一样的收获。

我并不懂多少音乐，却也非常喜爱，也觉得常来附庸风雅一下大有必要。人不必把口腔解剖学学通了，才可以张口吃饭；也不需要去上大学中文系，才能读沈从文的小说。好的艺术，内行有内行的领受，外行有外行的领受。没有专业素养的人，可以毫无负担地欣赏。一不要写乐评，二不要学技艺，只管坐在那里，让那美妙的曲子，像波涛一样，一阵阵冲刷过来。

杜甫曾记载：“昔者吴人张旭，善草书帖，数常于邺县见公孙大娘舞西河剑器，自此草书长进，豪荡感激。”莫诺克只管享受他的弹奏，他有没有考虑在座的我这头牛的感受呢？估计他不会想到，此刻我在寻思，如何把莫诺克的精髓，用到写作上面，把文章写得能冒出烟来。

谷歌姻缘

如今国际交流频繁，跨国婚恋，也不需要邓小平特批了，所以各种排列组合都开始出现。以前我们遇到一个中年女子，不远万里，嫁到美国。她不会英语，丈夫不会中文。余拍案惊奇，怀疑是不是本着睦邻友好原则，前来和亲的——他们相识期间，南斯拉夫大使馆被炸，中国学生上街抗议，中美关系紧张。我们问：你们在一起怎么交流？她说：唉，男女之间，也就这些事，需要什么交流？这倒也是，记得毕飞宇《青衣》中描述过，筱燕秋陪老板睡觉，“老板嘴里哼叽了几声，说，‘哦，叶儿。哦，叶儿。’”筱燕秋后来发现，这就是洋人叫床时喊的“Oh yeah!”小说写道：“老板在床上可是冲出了亚洲走向了世界，一下子就与世界接轨了。”

虽说人会因陌生而相恋，熟悉了反分手，可始终隔着语言一层纱，又是什么滋味？这事始终让人觉得诡异。

苹果公司的 iPhone 电话刚走红的时候，有人发明了一种“石榴电话”。语言不通的双方，拿着带超强翻译功能的石榴电话，就可以用不同的语言展开对话。后来大家发现，这种可刮胡子、煮咖啡还带翻译的石榴电话，是愚人节的玩笑。真正的沟通无障碍还遥遥无期，否则的话，我们这些人肉翻译者的存在还有什么意义？

但这个重大的技术难题，似乎已经被谷歌攻破。听一个来访的朋友说，他遇到一对真正通过机器翻译交流的夫妻。夫妻双方，语言相互不通，完全依赖谷歌翻译交流。谷歌翻译的质量，用过的人都知道，基本上是令人啼笑皆非。久而久之，这种啼笑皆非的姻缘，就进入了新奇之后的种种沟通障碍。顺便说一句，我刚才用谷歌翻译了一下 Oh yeah，谷歌说：哦，是的。

一旦网络断掉，基于网络的谷歌翻译就失灵，夫妻双方就没法交流。要是回娘家，谷歌势力范围会止步于香港，过了关，就是百度的天下了。这夫妻后来日子过不下去，分手了。不过其他很多不用谷歌的夫妻，也分手了，或是同床异梦地各过各的日子。借助谷歌翻译的夫妻，错失了良机。有时候人精疲力尽，懒得讲话，网络断开，岂不方便？

当然，这只是我这号沉默寡言者的说法。有很多女性是话痨，是要通过讲话这种方式来思考的，就好比我通过写作来思考一样。我们家的那口子认为，我这人会语言很浪费。她认为，我当初应该娶一个墨西哥、越南或者俄罗斯的女子，语言不通更好，反正一天也讲不了几句话。需要讲话的时候，掏出 iPad 说：Siri，叫喀秋莎上酸菜！

乡音无改

与西弗吉尼亚彭达维斯老师联络，她说最近在给一本教科书写阿帕拉契方言的章节。阿帕拉契山系一带（包括西弗吉尼亚、肯塔基、田纳西和北卡罗来纳等地）居民所说语言有些口音。这些口音内部有所差异，合在一起，大体上可称为阿帕拉契方言，与“标准”的美国英语有所区别——不过，除了中国某些号称教学“标准美语”的培训机构之外，没人知道“标准美国英语”是什么。英语有时候连官方语言都不算。不少州立法宣布英语为官方语言，或首选语言，但在联邦层面，从来没有明文规定官方语言是什么。史料记载，美国历史上差点把希腊语选为官方语言。

彭达维斯老师介绍，阿帕拉契方言常被视作落后的象征。有时候老师甚至在课堂上训斥学生：“不许这么说，这是‘山民’（hillbilly）的语言。”不过学校里学的英语，和学生家里说的英语，有时候也会发生冲突。用不用方言，涉及我们的身份认同。阿帕拉契学生经常要在“家庭英语”和“学校英语”之间转换，这样会形成本乡本土和外部世界之间的对立。西弗吉尼亚人的方言，和其禁酒时代酿私酒等说法一样，成为外人丑化西弗吉尼亚的说辞之一。不过离开西弗吉尼亚久了，反怀念起来，那里的山山水水，和浓浓的口音。前几天有一俄克拉荷马人说起打猎问题，说西弗吉尼亚穷人常吃松鼠。我猛然发现自己站在西弗吉尼亚一边，觉得俄克拉荷马更保守，对外面来的人礼貌但冷淡，反不如西弗吉尼亚人热情。

要不要丢弃阿帕拉契方言，现在也成了争议话题。和八九十年代的民族自决风潮一样，而今讲自己的方言，拒绝“标准”，也是一个趋势。让方言去妖魔化，可强化学生的本地认同，强化其自信。方言对文化传承，也利多弊少。有研究者称，阿帕拉契山系的英文，传承了伊丽莎白时代的英文。总之，方言能丰富一个国家整体的文化面貌。上帝为了阻止人类建成通天塔，方法是变乱语言，造成异想天开者无法沟通。多些品种，世界更精彩，语言工作者也多了条生路，比如有了翻译行业。

彭达维斯在邮件中称，等我困在荒岛上达一年之后，再去看她这文章。她以为我是客气，这么冷僻的文章，我不会去看，不知道我是真有兴趣。这个世界其实很小，她所描述的现象，我都有共鸣。

我们桐城人方言很重，即便在安徽省内，我们说话也经常被人误解或嘲笑。1990 年我上大学，学校推荐，好消息是免了高考，坏消息是要经面试一关，毕其功于一役。我报了外语系英语专业。外语系主任顾永年教授（其实是俄语老师，但他英语也不错）和几位老师给我面试。顾主任跟我说，你们桐城人方言太重，很难改过来，一般我们是不收的。结果面试我发挥得应该还不错，被收了。入学后，方言仍然很重，有时候和同学交流困难，发觉用英语说还好懂一些。

我们是师范学校，普通话很重要。普通话好，据说在学习、就业等方面也占便宜。这个说法一直有人在传，普通话是否真有此效果还真难说。使用标准语言是否有助于学习？不尽然。挪威有研究者在实验中发现，用当地方言教学，反倒让学生成绩上升。在美国，南方英语现在也颇为盛行。越民族越世界，越地方的东西就越是宝贵。谁规定一定要“标准”化的？

在老家，很多学生出去念了一年书，回去用普通话跟人交流，往往被人称作“洋腔广调”、“二百五”、“半吊子”，这也涉及彭达维斯老师说的归属感问题。我每次回去，立刻换成桐城话，屡屡引人称赞，说这人“过劲”（意思是“厉害”），这么多年都没把家乡话忘记掉。乡亲们有所不知，我的口音根本就改不过来。当年冒险录取我的顾主任，现在可以大呼上当了，可惜我已逃之夭夭，鬓毛都衰了。

夜空安在

记得7月4日独立日那天，小镇放焰火，镇上万人空巷，全集中到了大学的停车场上。十点差十分钟，路灯灭了。孩子们兴奋地拿着荧光棒，当成《星球大战》里那种激光剑在打闹，笑声在夜空里荡漾。停车场上乌压压一片，停着几千辆车子。离开的时候，这里注定要堵得水泄不通，明知山有虎偏向虎山行的人们还是从四面八方赶过来，在草地上铺着野炊垫子，或是打开休闲椅，坐着静静等候。附近几个黑人小孩，爬到了车顶。黑黑的夜，黑黑的车，黑黑的脸，有时候和我们对视一下，露出白白的牙。黑暗下面一片生机。天渐渐凉了，我们吃着西瓜，聊着天，突然间夏夜纳凉的感觉又回来了。此刻，这伟大的世界，仿佛转得慢了。悠悠的岁月，恍然间又穿越回来了。

突然间，一道火光冲向夜空，在那黑暗里炸响，空中顿时火树银花，满目的灿烂。

没有夜的衬照，便没有光的辉煌。

物以稀为贵，过去的时代，光是资源。晚唐昭宗年间，凤翔节度使李茂贞下令，点灯用的灯油归他的官署专卖，利润充实军饷。可是灯油卖不出，原来百姓全改用松明子了。李茂贞下令禁止使用松明子。艺人张廷范求见李茂贞，建议他干脆再下禁令，禁止月光照明。

进入电气时代多年了，黑夜反成了稀缺资源。杜牧写有一小诗《秋夕》：“银烛秋光冷画屏，轻罗小扇扑流萤。天阶夜色凉如水，坐看牵牛织女星。”此诗所写乃宫女的寂寞生活。漫漫长夜里，滋养心灵的乃是仰望星空所生的无穷想象。这样的想象让原本寂寥无趣的人生变得可以忍受，或是充满喜乐。

荷兰小说《万灵节》也写到一个俄国女子季诺碧亚，年轻时在俄国吃不饱肚子，在那失眠的漫漫长夜里，她习惯了仰望星空，开始热衷于外星探索。小说《布鲁克林有棵树》中，弗兰西最喜欢的时光，是星期六晚上睡在前屋，聆听着外面的夜：“她躺在那里，能听到屋子里夜间的那些声息。能看到外头人们回家，回到自己的公寓。有的疲惫地迈着沉重的步子。有的轻快地跑上楼。有个人跌了一跤，咒骂起过道里的油毡来。有个孩子在假模假样地哭着，一个楼下的醉汉在数落着老婆罪恶的生活。”

和季诺碧亚、弗兰西一样，我们每个人都有一个童年的夜。我们的一生，一半时间在夜里，我们的生活质量一半是我们“夜生活”的质量。我很幸运，童年在农村长大，看过纯粹的星空，体验过完全的黑夜。一到夏夜，我们会抬着竹床到晒谷场上。晒谷场我们叫“稻床”——粮食和我们，共享大地的怀抱。在那没有空调的纳凉时代，我们躺在竹床上，寻找着流星，北斗星，牛郎织女星，或是在那繁星中辨认那些缓缓移动的卫星或者夜航的飞机。我们听着收音机，听刘兰芳说书，想象着身外的古今中外。有时候我们几个小朋友一起，在月光下玩丢手帕的游戏，输的人唱歌、翻筋斗。有时候，这村和那村的人，隔着蛙声和稻田，高声地对着歌，从《打猪草》到《望星空》，直至明月西斜。有时候，出去打短工的人，打着电筒回来了，狗在狂吠。大家彼此招呼。坐着的人请走路的人过来喝口茶，对方通常也不推辞，坐将过来，在竹床上说古论今。女人们拿着蒲扇，给睡着的孩子赶着蚊子。附近的石磙边上，还烧着驱蚊的蒿草。有时候，我们会跑上几里路，去隔壁某个村庄看《小兵张嘎》或是《女驸马》的露天电影。

后来进了城，光无处不在，夜空没了，一同走散的是繁星和明月。

我一直在找那轮能辨别玉兔捣药吴刚伐树的明月。

光的污染成了一大问题。从美国航空航天署的卫星照片上看，美国、欧洲夜间光线过度，中国也紧随其后。过度的光线，不但破坏了“轻罗小扇扑流萤”的意境，连动物都不堪其扰。灯光过度的地方，动物都不愿栖息和繁殖。佛罗里达州的海龟，据说就因灯光问题繁殖受到了影响。“国际黑色夜空协会”（International Dark Sky Association）之类的组织呼吁人们采用各种办法，如使用减少光污染的灯具，将光线往下照，不投向天空，且用光适可而止，尽量较少浪费、污染或破坏。

到了俄克拉荷马之后，似乎又找到了童年的夜空。人常说，美国的生活，是“好山好水好无聊”。对于爱好夜空爱好宁静爱好想象的人来说，这里倒是好地方。“美国的月亮更圆”一说，讥笑的是崇洋媚外，但美国的月亮更亮倒是真的。这里地广人稀，污染少，空气比较清新，能见度极高。俄克拉荷马位处美国大草原。在这片辽阔的大地上，天幕低垂，白日里，白云和阳光在空中变幻，如演大戏。夜晚这里很是安静，远离车马喧嚣。驾车外出不远，就可以回到那伸手不见五指的黑暗。

最美的是那圣诞期间，所有人家都用各种各样的彩灯，装饰着自己的屋子。简单一点的，在门前的灌木和树上，缠上几道彩灯。讲究的，会沿着屋子的轮廓一路钉上彩灯。很多人家，在院中大树的每一根枝条上，都绕上彩灯。白天的参天大树，到了晚上，变成了一株株长在夜里的彩色珊瑚。夜幕降临，仿佛是走在天上的街市。每一座房子，似乎都有一个性格，都在讲述一个故事。

只不过到了平时，出于安全计，很多小区也有路灯，也一样在蚕食着夜空，这就是为什么看焰火的时候，大家都一起跑到会熄灯的大学停车场之故。好在我有一个后院，后院里有竹林，左边一片，右边一片，前面一片，三面环着竹子，还有几棵高大的榆树，形成了一个天然的天井，把四周的光都给挡住。天空在上面，我在下面，月亮照过，星星闪过，云彩飘过，闪电划过。我如井底之蛙，守着头上一片夜空。有时候，看着月光透过竹林，听着风入竹林声，蛙声，夏虫鸣叫声，还有归巢前知更鸟的叽叽喳喳声，我会错把这里的夜，当作曾经的故园。

做光做盐

中国儒家传统，期待作为社会精英的士人入世做官，有所作为。但士人始终有个可以逃避的“神秘园”。他们可以离开庙堂，退隐起来，修身养性。征服和影响不是大家的天职。以基督教立国的美国，有一种不断向外拓展的使命感。起初可能这种说法是指基督教福音的传播：“圣灵降临在你们身上，你们就必领受能力，并且要在耶路撒冷、犹太全地、撒玛利亚，直到地极，作我的见证人。”（《使徒行传》1：8）

这种来自信仰的意识深入骨髓，在其他领域也随处可见。美国现代最有影响力的两位政治家肯尼迪和里根，都说美国要成为“山巅的城市”（city on the hill），光照四方，成为寰球之楷模。此意象来自《马太福音》中耶稣的“登山宝训”：“城造在山上，是不能隐藏的。”在这样的传统之下，一个人去影响他人，改造社会，被视作应尽的本分。

最近，我收到了一个邀请，出席一场名叫“光和盐”的会议。本以为只是我们私立基督教大学之间的一种会议，要大家做光做盐。耶稣曾呼吁门徒“做光做盐”，发挥影响，改变世界的色泽和味道。

一天会议下来，却发现来的什么人都有，有前美国小姐、大学教授、州检察官、Hobby Lobby 的创办人、卸任的俄克拉荷马市长。俄克拉荷马州州长玛丽·法琳也来了。我的同桌，一个是蔬菜公司老板，一个是非营利组织总监，还有一个是州参议员康斯坦丁·约翰逊。会上有共和党，有民主党，也有无党派的独立人士。

聚会还有点像武当、少林、峨眉各派云集的武林大会。大家来自不同宗教派别，有圣公会的，有卫理公会的，有浸信会的，有基督教会的，大家互相打趣，比如卫理公会的人问浸信会的，他们能否也上天堂。

这些人聚在一起，共商如何用“光和盐”的精神，复兴俄克拉荷马，让这个处在美国“腹心”地段的城市，成为美国精神的“腹心”。

四周一看，都是美国人，好像只有我一个外国人。我一直没弄明白是谁的主意给我发出的邀请，也不知道为什么会请我来。我渐渐觉得不像一块盐巴，掉到水里溶化；而像一块石头，泡在水里始终如一。又感觉像一个在合肥教书的老外，误闯进了安徽省政协会议。

这种生分，倒不是大家有意排斥我。由于就我一张黄色面孔，突兀得很，发言结束后，法琳州长甚至还绕道过来跟我打了个招呼，感谢我过来。

但次日就是中秋，在一阵思乡情绪中，坐这里听人讨论复兴俄克拉荷马城是很别扭的事。出了国的人，就像电影《美国》（*Amreeka*，一部描述一巴勒斯坦家庭在伊利诺伊州经历的电影）里说的那样。我们就好比一棵树，被连根拔起，移植到了新的地方。长时间下去，哪怕十年二十年，也只是树在那里，扎不下根。相对于复兴俄克拉荷马，我更感兴趣的是如何振兴安徽桐城。可是世事诡异。在家乡，也不会有人让我去出席他们的会议，更不要说献计献策了。

会后我走到院子里，看着树梢升起的明月，想起了做光的那句话来，也回味起那句叫人做盐的话："你们是世上的盐。盐若失了味，怎能叫它再咸呢？"（《马太福音》5：13—14）出国是一件不伦不类的事，最终往往让人里外不是人。回望过去十年，来路不辨，哪还能判别自己是海盐井盐，还有几分咸味，除了三两家人，又有几分光亮，照见谁人？想也是瞎想，不在此间者，或许以为矫情。只好远远地望着一轮明月，想着远方的亲人和身边的清秋。